CLAUDIA
ULLOA
DONOSO
PAJARITO

NARRATIVA

CLAUDIA
ULLOA
DONOSO
PAJARITO

Fondo Editorial
Universidad Autónoma de Querétaro

Almadía

LABORES

Pajarito

He loves to seat and hear me sing,
Then, laughing, sports and plays with me;
Then stretches out my golden wing,
And mocks my loss of liberty.

William Blake

Kokorito es un gato de pelo negrísimo, huraño y de siete kilos de peso. Cada cierto tiempo trae en su hocico respingado pájaros en agonía o ya muertos a la casa. Dicen que los gatos traen animales muertos a las casas de sus dueños como una forma de regalo o de trofeo. Quién sabe. *Kokorito* nunca se come a los pájaros: los tortura, juega con ellos como si jugara con su pelota de lana y al final los deja siempre en mi cama, lugar desde donde últimamente suelo hacer todo, hasta comer.

Kokorito, con sus siete vidas en América y nueve en la Península Escandinava, me regala la muerte, pero yo ya le he visto la cara varias veces y me basta por ahora.

Sin embargo, a veces creo que mi gato insiste en que

debería ver aún más de cerca a la muerte para que no me pese tanto. Él lo sabe, porque, como ya lo dije, tiene por lo menos siete vidas y ya debió haber perdido algunas cuando pasó veinte días desaparecido en el invierno polar y un día regresó, abrió la ventana con su pata derecha, como acostumbra hacerlo, bebió un poco de agua y durmió casi por dos días en mi cama; luego se levantó, maulló y empezó una nueva vida.

Intuyo también que *Kokorito* intenta darme un regalo único y extraordinario, pretendiendo que contemple la agonía de esos animales tan pequeños y frágiles, y que todo sea un gerundio de latidos, respiraciones, movimientos que se vuelven de pronto pretéritos indefinidos para siempre. Quizá se empeña en que entienda y aprecie (en todo el sentido de la palabra) que ese preciso segundo en que la vida desaparece es único en todo ser vivo y no puede repetirse más.

Cuando encuentro a estos animalitos muertos, que generalmente son pájaros, lo que suelo hacer es buscar un Kleenex o una servilleta de papel, y escojo cuidadosamente el color, como si les escogiera la mortaja, para luego enterrarlos o esconderlos entre las hojas secas y los abedules. Cuando están en agonía, los envuelvo en papel de cocina ligeramente húmedo y les dejo la cabeza al descubierto para que respiren. Los caliento entre mis manos, les limpio la sangre, les acaricio la cabeza y trato de abrirles el pico.

La línea 2 que parte desde Øvre Hunstadmoen es la única que me lleva al centro de Bodø y pasa exactamente cada veintisiete minutos a partir de las seis de la mañana. Siempre me sucede que llego muy temprano a las citas; de lo contrario, si perdiera el autobús, siempre llegaría tarde.

Hoy, saliendo hacia el paradero de Øvre Hunstadmoen con los minutos justos para llegar al centro puntualmente, veo un pajarito moribundo escondido en un rincón del pasillo, cerca del lugar donde dejo mis bolsos y chaquetas cuando llego a casa. No puedo dejarlo allí muriendo e irme, tampoco puedo perder el bus. Voy a la cocina, humedezco con agua tibia la toalla de papel, lo recojo y me lo guardo en el bolsillo derecho del abrigo. Salgo de casa corriendo.

Al abordar el bus, el chofer observa que sólo uso la mano izquierda con mucha dificultad para abrir mi bolso, sacar el monedero y pagar el pasaje. Observa mi torpeza para maniobrar con una sola mano y repara en que mantengo la otra en el bolsillo del abrigo. Sabrá ahora que algo me traigo entre manos, escondido en el bolsillo derecho: una navaja, un teléfono, mi puño congelado o quién sabe; quizá sepa que llevo un pajarito agonizando o ya muerto.

Los noruegos suelen quitarse el abrigo inmediatamente después de ingresar a un lugar cerrado, pues todos tienen calefacción. Si es un lugar familiar, además del abrigo, también se quitan los zapatos. Hay perchas empachadas de abrigos y chaquetas como hombres inmensos, con guantes y gorros; otras están fijas en la pared en una línea, una fila de hombres y mujeres colgados, desollados, muertos como las reses aún enteras y despellejadas del matadero.

En una entrevista de trabajo para obtener el puesto de asesora de proyectos del Departamento de Cultura es mala señal no quitarse el abrigo al entrar a la oficina y saludar al entrevistador, pues eso demuestra que no eres una persona abierta, que llevas una coraza y que por debajo de ella habrá varias capas que el entrevistador no podrá ver, pero quizá sí podrá imaginar. Si no te quitas el abrigo, el entrevistador imaginaría todas las capas de tu personalidad hasta llegar al color del sostén que llevas puesto y no necesariamente imaginará las cualidades y el sostén adecuado para obtener el cargo. Con esa coraza te presentas como un armadillo, una tortuga o un puerco espín que no se comunica, que esconde la cabeza y muestra las púas, que va lento, y todo esto no sirve para este caso; pero yo le sonrío, eso ayuda según los consejos para lograr una buena impresión en una entrevista de trabajo. Sonrío, pero sin exagerar o parecería nerviosa. Mi dentadura es blanca y mi sonrisa ganó una vez un concurso que organizó mi dentista. Me premiaron con veinte tubos de pasta dental y tabletas de flúor.

El entrevistador me sonríe también y ahora soy consciente de que tengo que usar otras partes de mi cuerpo para darle una buena impresión, pero sigo con la mano derecha metida en el bolsillo del abrigo y ha llegado el momento de estrecharnos las manos. Aquí puedo hacer dos cosas: si le estrechase la mano al entrevistador con la izquierda y sin sacar la derecha del abrigo, pensaría que soy extraña y que escondo algo. Puede también que anote que soy arrogante, pues espero que el otro use la mano izquierda para devolver el saludo, y el estrecharse las manos es un gesto universal que se hace con la mano derecha. Lo otro que podría hacer sería sacar la mano derecha del bolsillo con mucho cuidado y ofrecerle mi mano tibia y húmeda, con gérmenes de un pájaro que quizá ya esté muerto, arriesgándome a dejar en su mano restos muy finos pero visibles de plumas amarillas, y eso no sé cómo podría ser anotado en mi perfil como aspirante al puesto. Al final, decido darle la mano derecha con un firme apretón y eso parece darme un punto a favor, aunque le haya dejado la mano húmeda, con bacterias y babas de mi gato, con pelusas de papel de cocina, pelillos y quizá sangre de pájaro.

El entrevistador habla mientras fija la vista en mi currículum, que está deshojado sobre el escritorio. Quizá no le importe que lleve puesto el abrigo porque tiene un tic, o no sé, pero abre bien los ojos y levanta las cejas mientras me habla, y seguramente puede verme en capas y saber con certeza el color de mi sostén.

Para que no me dé la mirada que me dio el chofer en la mañana por esconder sólo una mano en el bolsillo, escondo las dos. Va a pensar que soy tímida y que estoy asustada, pero sus gestos no cambian, sigue hablando y abriendo los ojos y levantando las cejas como si estuviera observándolo todo con sorpresa y a la vez con indiferencia.

—Hoy hace mucho frío —le digo.

Es verdad. Mi comentario es sincero y no es desatinado, pues lo suelto cuando hacemos una pausa y él me ofrece un café.

Cuando vuelve con el café, espero que él dé el primer sorbo. Hace ruido al tragar y luego toma aire. Intuyo que se ha quemado el velo del paladar porque ya no abre tanto los ojos.

—Veo que es usted una persona cualificada y parece estar lista para asumir la responsabilidad de este puesto. Confío en que estando en el cargo manejaría los proyectos con cuidado y de una manera distinta. Buscamos una persona que sea cautelosa y consciente de que el presupuesto asignado para los proyectos culturales ha sido reducido este año.

Con esto que me acaba de decir asumo que el puesto es mío. Me emociono y aprieto los puños dentro de los bolsillos. Luego uso la mano derecha para tomar el café y seguir el ritual de un-sorbo-tú-un-sorbo-yo.

Mi mano se calienta al contacto con la taza y vuelve así a la incubadora de pájaros, y es entonces cuando siento que algo se mueve: el pájaro ha revivido y probablemente quiera salir volando en el preciso instante en que el resultado de la entrevista se muestra muy a mi favor.

—Solo me queda una pregunta —dice el funcionario—: ¿por qué cree usted que deberíamos contratarla?

—Porque soy buena para cargar otras vidas conmigo.

—¿Qué quiere decir?

—Bueno, en lo cultural, fíjese: si se me encomendara organizar la Semana Filarmónica, tendría que cargar con los clásicos que están muertos, pero a la vez están vivos. Chopin, por ejemplo, está vivo y usted lo sabe, luego llega alguien como Argerich y Chopin que estaba muerto revive y vuela por el auditorio. Además, para trabajar con estos proyectos hay que cargar con las vidas de cada uno de los integrantes de la orquesta, los coros, los dirigentes... Todos tienen una vida que cargan además de sus instrumentos.

—Entiendo. Y, ¿me podría explicar cómo fue que cargó vidas en el plano laboral durante su último trabajo?

Y lo que sucede ahora es que ya no puedo explicarle más cosas porque siento en el tacto unos aleteos firmes que casi me abren la mano. Así que saco al pajarito de mi bolsillo, lo desenvuelvo del papel y lo pongo sobre mi currículum esparcido en el escritorio. El pajarillo está herido. El papel en el que estuvo envuelto tiene una mancha de sanguaza, pero está vivo.

Camina sobre mi currículum, sobre los idiomas que domino, de pronto se caga en mi experiencia laboral y me va reconociendo. Se posa sobre mis datos personales y se queda quieto. Lo cojo con cuidado y reviso sus alas, las extiendo una por una; son muy frágiles, pero están intactas.

—Es un *kjøtmeis* de pecho amarillo.[1] ¿Ve? Lo saqué

---

[1] O *Parus major*, pájaro carbonero mayor, de la familia de los paros o *Paridae*. Suele tener unos quince centímetros de largo y un peso que varía entre los catorce y veinte gramos. Es la especie de ave más común en Noruega.

de la casa moribundo, justo antes de venir aquí, y he pasado la entrevista pensando en este puesto tan importante en mi vida laboral, en los clásicos muertos que tendré que cargar, en los vivos a quienes tendré que acoger y organizar, pero también he pensado en la vida del pajarillo. Con esto quiero decirle que otra de mis cualidades para el puesto es mantener la calma y saber trabajar bajo presión.

El pajarillo se reconoce vivo. Da saltos sobre el escritorio y vuela. Vuela por las oficinas de la administración comunal, se estrella contra las pantallas de las computadoras, se caga en los presupuestos que salen de la impresora, se posa en lo alto de los archivadores y parece que divisa a todo el Departamento de Administración Comunal con la postura altiva que sólo tendría un sobreviviente de colores. Espera unos segundos y vuelve a alzar vuelo. Todos los burócratas lo miran desde sus cubículos, girando sus sillas ergonómicas, pero nadie se pone de pie. La mayoría de ellos se quedan quietos y siguen el vuelo del pájaro admirados y con una ligera sonrisa, pero también hay varios fastidiados que vuelven los ojos a las pantallas de las computadoras y se protegen la cabeza y la cara con hojas de papel bond A4.

El entrevistador y yo entendemos que es el momento de abrir las ventanas de par en par.

El pajarillo siente el aire helado de febrero que entra en las oficinas y así encuentra el camino a la libertad. Desde la fotocopiadora, levanta vuelo y sale como una ráfaga por una de las ventanas. El local se ha enfriado, todo vuelve a seguir como antes y yo también vuelvo a la oficina, a terminar el café y a cerrar la entrevista. El entrevistador se despide, esta vez sin estrecharme la mano. Esto no debería significar nada, pues es típico de los noruegos evitar el contacto físico al saludarse o despedirse. Vuelve a su gesto de abrir los ojos y levantar las cejas. Dice que me llamará y yo le creo. Le sonrío. Mientras camino de vuelta a casa, veo muchos pájaros de distintos tipos, pero busco aquel que me acompañó en la entrevista. Le quisiera dar las gracias. A veces conviene andar llevando animales moribundos consigo, mantener las manos en los bolsillos y nunca quitarse el abrigo.

TITIRITERA

A los dieciséis años descubrí que mi vocación era ser titiritera, pero la vida me ha llevado por otro camino: trabajo como recepcionista de hotel y a veces me siento títere de mi jefe, del gerente, del jefe de personal y de los huéspedes: siempre sonriendo y hablando con un tono de voz demasiado cordial para ser real. Pero hoy, a mis veintiséis, he decidido seguir mi vocación.

Empiezo por el títere de mi jefe y le levanto los brazos y simulo su voz de pajarito:

—La recepcionista es la más inteligente que hay en este hotel; debería ser ella la jefa. Además, es muy guapa, aunque ella no lo sepa.

Hago lo mismo con el jefe de personal y finjo su voz de león aburrido:

—Sí, es talentosa, le vamos a dar un ascenso, además sabe cinco idiomas. También sería bueno considerar su petición de cambiar el uniforme.

Y ahora muevo al gerente general, le levanto los brazos y le creo una voz de tenor:

—Soy un titiritero malísimo y fracasado porque no dejo a mis títeres ser fieles a sus personajes. La recepcionista no es recepcionista, es princesa de otra obra, no debería estar en esta obra mediocre llamada hotel Holiday Inn.

Así acaba mi primera función: he logrado moverlos como mis marionetas; que levanten las manos y se queden en silencio mientras yo les invento una voz y un diálogo. La pistola con que les apunto no es lo mismo que las cuerdas que mueven las extremidades de una marioneta, pero en fin, funciona igual.

Madera

De vez en cuando, me llaman para trabajar en el aserradero. El trabajo es bastante simple, aunque siempre se corre el riesgo de perder una mano. Hace varios años trabajé en una carpintería artesanal. Allí aprendí a cortar madera en un tajo perfecto en línea recta. El trabajo en el aserradero es muy monótono. Se trata de cortar la madera en listones o trozos simétricos. Para eso, la empujo hacia la sierra deslizándome apenas en un solo movimiento del torso. Apoyo las manos sobre la madera y la empujo estirándome como un gato después de un sueño profundo, desperezándose hacia la cuchilla, firme, sin miedo, despertando.

Mientras cortaba la madera, pensaba en escribir. Me he dado cuenta de que estar en situaciones de riesgo en un ambiente monótono (un ruido, un movimiento que se repite) crea en mí la desconexión precisa para escribir. Yo pensaba que para escribir necesitaba silencio y soledad, pero de eso he estado rodeada últimamente y al parecer no sirve. No he escrito nada. Sólo he tratado de llenar el silencio y la soledad con películas o con los ruidos de los electrodomésticos. Le echaba la culpa a la ausencia de palabras (escritas) a mi trabajo en la veterinaria. Había días en que me lamía la cola y maullaba después del almuerzo, abría las alas como un pajarito, apurándome para no perder el bus, o ladraba cuando alguien se me acercaba.

Pero ayer en el aserradero fueron cayendo palabras como viruta. Escribí mentalmente un cuento, pero cuando llegué a casa estaba muy cansada, me acosté en el sofá y me quedé dormida con el olor a pino impregnado en el cuerpo.

Olvidé el cuento.

Soñé que era un pino. Cuando los pinos se ven en medio de una tormenta que intenta quebrarlos, el árbol produce un tipo de madera de calidad distinta de la del resto del tronco. Los vientos huracanados suelen venir del sur, por eso los pinos tienen esa madera indestructible y que los mantiene de pie a sus espaldas. No ponen su pecho de acero en contra del viento, su resistencia es flexible y se esconde a la mirada de la tormenta, su fortaleza calma y discreta desconcierta al viento y aviva su furia.

Sólo saben de su fortaleza aquellos que la poseen y se reconocen entre ellos cuando se alinean para resistir el viento: van contemplando la fortaleza del que está adelante, mientras el viento se disipa, vencido, entre ellos, como se disiparían los sermones apocalípticos entre un grupo de leones dormidos.

*

Un estereograma es una ilusión óptica.

Esa ilusión se basa en la capacidad de nuestros ojos de captar imágenes desde distintas perspectivas, las que nuestro cerebro procesa de tal manera que, cuando miramos el estereograma, aparece delante de nosotros una imagen en 3D.

Se puede hacer un estereograma sobreponiendo dos fotografías tomadas desde dos ángulos ligeramente distintos.

Para lograr ver un estereograma tenemos que saber y entender de antemano que una imagen en 3D aparecerá delante de nosotros al desenfocar la vista.

He superpuesto una fotografía de mi infancia con una de mis veintiséis años: sentadas en el mismo sofá de la casa familiar, con la misma mirada, el mismo gesto en los labios que no llega a ser sonrisa, el mismo pelo peinado hacia el mismo lado, la misma postura de piernas cruzadas y manos sobre el regazo.

Desenfoco la vista y ahora puedo ver mi propia imagen en 3D, sentada en ese sofá y envejeciendo delante de mí.

Ahora el paso del tiempo casi no me angustia, porque he comprobado que envejecer es sólo una ilusión que nace de sobreponer todas nuestras perspectivas delante de nosotros, confundiendo así nuestro cerebro en un tiempo desenfocado, mientras fijamos nuestra vista en un punto en la nada.

Revelados

He conseguido un trabajo de medio tiempo en un estudio de fotografía.

Es fácil. Es casi como usar el computador porque mi trabajo es revelar, o más bien imprimir, fotos digitales. Me gusta el trabajo porque soy un poco *voyeur*, me encanta y me entretiene ver fotos de desconocidos.

Hoy vi cuarenta y cinco fotos del cumpleaños de una chica. Cumplía veinticinco, vi sus velas en la torta de chocolate, vi sus regalos, a sus amigos y familia, la vi sobria y ebria, vi su cara distraída y también posando, vi a quienes quería más en esa fiesta y a quienes menos, vi que estaba feliz a ratos y a ratos también como agobiada o indiferente.

Además, he visto hoy una boda, una excursión de pesca, el cumpleaños de un niño de mirada muy tierna, he visto una cena familiar —sí, familiar porque les notaba los mismos rasgos físicos en la cara— y he visto un funeral.

Me he detenido a mirarles las caras a los asistentes del funeral, a ver quién ha sufrido más y quién sólo posa.

Entonces hago una lista, hago fichas según sus rasgos y les invento un nombre y un parentesco con el muerto. Es difícil de hacer, pues en las fotos de los funerales casi nunca nadie sonríe. Y digo casi nunca, pues sonreír frente a una cámara es casi un acto reflejo al que estamos acostumbrados desde niños. Así me he pasado la tarde, haciendo estas fichas y observando cuidadosamente las fotos de ese funeral mientras seguía imprimiendo otras imágenes.

He pensado que con la computadora del revelado podría ver mucho más, así que he agrandado los detalles para leer las dedicatorias de las coronas de flores, y así he tratado de relacionar los nombres de la gente que firma y de quienes salen en las fotos. Además de saber ya el nombre del muerto, saber los parentescos, la edad calculada, sé también en qué cementerio está, pues también tengo algunas fotos del entierro.

Me ha dado mucha tristeza, porque siempre es triste cuando se muere alguien de quien uno conoce la historia.

Esta tarde han venido a recoger las fotos del entierro. Se supone que yo no debería ver las fotos, son las reglas del trabajo, pero me he atrevido a decirle a la viuda:

—Perdóneme el atrevimiento, pero le doy mis más sentidas condolencias.

La he abrazado ligeramente luego de preguntarle si deseaba la oferta de la ampliación.

Ella no quiere ninguna ampliación, como supuse.

Cuando le di el pésame me hizo un ademán de agradecimiento. Fue ahí cuando la miré bien a los ojos y confirmé lo que me mostraron las fotos: ella está feliz de que el marido se haya muerto.

Entonces pienso que esas imágenes van a ir a parar a manos de los hijos, o quizás a un desván lleno de porquerías.

Al final, antes de irse del estudio, me ha dicho:

—Bueno, sí quiero una ampliación, de esta foto.

Es una en donde sale ella con sus hijos y detrás de ella hay un hombre que no es de la familia y que la está tomando de la mano. No se ve casi en la foto, pero yo lo sé bien porque con el programa del revelado se pueden seguir los trazos de la piel y las formas de los músculos para saber la posición del cuerpo que no aparece.

Seguro es su amante.

Yo casi le he dicho que es una caradura, que si no tiene respeto por su marido recién muerto y que por qué no amplía la foto donde está ella sola con el difunto, o la de sus hijos, o la del salón y la capilla ardiente. Casi le he dicho que cómo es que quiere la ampliación de la foto de un funeral, que si está loca.

Pero me he callado y le he escrito el comprobante y lo he hecho por razones profesionales, pues no debo perder clientes, mucho menos clientes como esta mujer: me gana la curiosidad y la impaciencia por que revele ya las fotos de vacaciones con su amante.

Pasatiempos de escritor

He decidido dejar de escribir. Desde que mis libros están en todas las librerías del país vivo solo y me emborracho; mi comida sale siempre de una lata y fumo más que nunca. Algunos creen que este tipo de vida que llevo me hace bohemio, más atractivo y hasta me ayuda a vender más libros, pero la verdad es que soy sólo un miserable. Quiero volver a mis aficiones de antes, las que dejé de lado por la escritura; coleccionar tornillos, por ejemplo.

Hasta ahora tengo más de trescientos tornillos de diferentes materiales —algunos hasta de plástico—, agrupados y clasificados por fecha y lugar donde los encontré. No son simples tornillos comprados en ferreterías, no. Estos son especiales, casi como las personas; al menos así los considero yo. El hecho de encontrarlos en la calle, solos y aislados, me hace pensar que escaparon de sus destinos de estar fijos en un mismo lugar: ser uno más soportando una carga eterna. A veces se oxidan, pero al final eso es mejor que estar inmóvil para siempre en la prótesis de cadera de algún impedido físico o en los dientes falsos de alguna vieja avara que se queja de las palomas que anidan en su balcón. Porque de ese tipo de tornillos también tengo; los he encontrado en las calles próximas a los hospitales y están en el grupo de los que más valoro. El tornillo que más aprecio fue uno que encontré en un funeral. Cuando el ataúd descendía a la profundidad de la fosa, de pronto, la puerta mal atornillada se salió de su sitio, dejando ver la cara del muerto; pero lo sucedido no fue motivo suficiente para impedir que las veloces palas de los enterradores sepultaran el cadáver ante la indiferencia de todos los presentes. Nadie dijo nada; todos de luto e inmóviles contemplaban con los ojos bien abiertos y sin lágrimas la tierra seca que caía directamente sobre la cara del difunto, como la cocoa cernida sobre la mantequilla para una torta de chocolate, poco a poco, hasta cubrirlo totalmente. Sabía bien que en algún lugar estaría el tornillo zafado esperando por mí y, sí, lo encontré: un tornillo de plata con las iniciales de la funeraria que, por coincidencia, son también las mías.

He caminado más de cuatro horas y no he encontrado ningún tornillo. Llego a casa y me encuentro con la consecuencia de mi carrera literaria: soledad y desorden. El gato se ha quedado dormido sobre el lomo cálido del televisor que nunca apago. Hay un olor a rancio en el ambiente. La lucecita del contestador parpadea en rojo. Tengo dos mensajes: el primero, un resoplido, un ruido que denota fastidio y ninguna palabra: un mensaje de ella. En el otro mensaje me puedo escuchar a mí mismo diciendo: "Comprar champú anticaspa y comida para el gato". Antes me resultaba extraño escuchar mi propia voz, ahora es algo de todos los días.

También hoy he recibido una carta de ella. Parece que la ha escrito con rabia, lo noto en la presión de su escritura sobre el papel; casi la podría leer con el tacto. Me dice que deje de escribirle, sin embargo yo nunca le he escrito ninguna carta; más bien lo que hago es mandarle desde hace algún tiempo recortes de mis artículos, entrevistas que me han hecho, contratapas de mis libros firmadas y sin ninguna dedicatoria especial. Procuro enviarle todo lo que tenga mi nombre o una foto mía, así se le hará difícil olvidarme.

Me pregunto qué es lo que le puede molestar de todo esto. Quizá sea el olor a tabaco que se impregna en todo lo que toco. Seguramente este olor ha invadido su casa dejando una ligera niebla que le molesta en los ojos cuando se pone a bordar, que le ocasiona arcadas a la doméstica y que también hace que su gordo marido sude y se ponga colorado. Entonces ella tendría que mirarlo fijamente, como muestra de preocupación, y lo besaría en la calva grasienta, a pesar de que, muy dentro, lo que verdaderamente siente es asco y soledad; una sensación parecida a la que tengo yo ahora leyendo sus líneas. A lo mejor le molesta mi firma, mi nombre escrito de manera caótica e ilegible, puede que le recuerde a mí. Pero, bueno, seguramente ya no la molestaré más, ahora que ya no voy a ser escritor. Pronto me quedaré sin más cosas que enviarle.

Enciendo un cigarro; la imagen de ella se desvanece junto con la primera bocanada de humo agrio y tibio: una serpiente blanca que avanza desde mi garganta para anidar en mis pulmones. El gato me mira con sus ojos verdes brillando de rabia, porque los chasquidos de mi encendedor, que nunca da fuego a la primera, lo han despertado. Se despereza, tiene los pelos electrizados; sobre el televisor parece un gato falso de pelo sintético. Se relame las patas y luego vuelve a sus sueños, donde seguramente es un felino inmenso que caza elefantes.

Ayer en un bar probé un licor que se llama Partner; me gustó mucho. Me pedí entonces diez copas, que fueron suficientes para llenar una botella vacía de gaseosa Concordia de medio litro que aún conservaba en mi gabardina. Hoy busqué el licor por todo el supermercado y en algunas tiendas, pero no lo encontré. Sorbo del pico de la botellita y el sabor del licor no ha cambiado a pesar del plástico y de quizá, también, algún resto de gaseosa.

Además, ayer pasé por una librería recién inaugurada que se llama Neón. Su nombre se debe a que todos los estantes están iluminados con este tipo de luz. No me gusta mucho el neón para una librería, ya que lo relaciono con restaurantes de mala muerte donde más de una vez he cogido salmonela, con casinos donde me he jugado hasta el reloj y con esos prostíbulos de moda que son todo un bloque con la fachada de restaurante-discoteca-hostal.

En aquella librería permanecí casi una hora ojeando lo que fuera y mirando el aspecto de mi piel bajo el neón. Empecé a mirar las fotos de las contratapas de algunos escritores conocidos y otros extraños. A algunos, como a mí, les sentaba bien este tipo de luz fosforescente; a otros se les veía de un color pútrido. Encontré uno de mis libros en una edición de bolsillo y, en mi foto de contratapa, aunque pequeña, se me veía más joven y con el rostro más limpio. Seguramente estaba retocada.

Me gustó la foto y pensé en enviársela a ella porque probablemente no la tendría. Entonces cogí el libro y lo escondí dentro de mi gabardina. No sé bien por qué lo hice, si tenía dinero suficiente para pagarlo.

Cuando crucé la puerta de salida, no me esperaba oír el pitido antirrobo, porque estoy acostumbrado a frecuentar librerías de segunda mano, iluminadas por luz blanca de focos ahorradores, donde todo, incluyendo a los vendedores, huele a añejo. En esas librerías no vale la pena usar tal sistema de seguridad, porque sería como inventariar y poner precintos de seguridad al polvo y al pasado ajeno.

Sentí que me ruborizaba, pero con desparpajo seguí caminando tranquilo y lentamente.

Afuera el vigilante me detuvo con buenas maneras y palpó con timidez los bultos en mi gabardina. Descubrió mi botella y el libro. Miró la contratapa y me reconoció. Entonces el vigilante, gordo y bajito, me mostró sus dientes disparejos en una amplia sonrisa y me dio un fuerte apretón de manos. Me pidió que le firmara un libro, pero no el que yo había robado, sino uno que él guardaba en el bolsillo, donde el protagonista era un respetado vigilante de banco, exitoso con las mujeres, poderoso e inmortal con su revólver y chaleco antibalas. Dejó que me fuera con el libro, luego volvió a entrar a la librería y le dijo algo a la cajera; ella sonrió e hizo un movimiento con la mano en señal de despedida y de que podía irme sin problemas. Yo les sonreí ligeramente y me limpié el sudor que había dejado el vigilante en mi mano.

Me fui.

Ya en la calle y, a través de la ventana de la librería, pude ver al vigilante que volvía a su puesto acariciando su revólver con cara de satisfacción. Le hizo un guiño a la cajera y ella, indiferente, siguió limándose las uñas y haciendo globos de goma de mascar rosada.

El gato me ha despertado con un arañazo en la cara. Se esconde entre los periódicos y no me da tiempo a vengarme; sólo me queda maldecir. Estoy un poco alterado, el último cigarro que me queda está por acabarse. Bebo los restos de Partner que hay en la botella de Concordia. Recorto la contratapa con mi fotografía del libro que robé ayer y busco entre mis papeles un pedazo de cartulina que le sirva de fondo. Encuentro una perfecta: color azul neón. Antes de pegar la foto, me doy cuenta de que el chip antirrobo está ahí, justo en el lado opuesto de la contratapa. Imagino que si ella cargase esta foto en su cartera, el pitido se activaría si acaso fuese a ver algunos libros a Neón. Y ojalá que suceda estando acompañada de su marido: el vigilante la detendría y ella, con miedo, abriría su bolso donde guardaría mi foto retocada, en la que se me ve muy bien con ese fondo azul fosforescente. El vigilante se sentiría como un héroe que ha descubierto la traición; el marido, idiota y engañado; ella, la astuta e infiel; la cajera, una mosca en la oreja que echa más leña al fuego; y yo, el guapo entre todos esos personajillos baratos.

Luego se daría una gran discusión entre ellos y, de fondo, el chillido molesto e interminable de la alarma.

El sobre me espera con las estampillas puestas y antes de pegar mi foto sobre la cartulina observo ese chip de seguridad, que no es otra cosa que una calcomanía plateada. La miro con más cuidado: si la muevo, aparecen unas rayitas de colores metálicos; esto me hace recordar esos hologramas que venían como sorpresa en los chocolates de mi infancia.

Experimento casi la misma desesperación e impaciencia que sentía de chico cuando trataba de encontrar a mis superhéroes en esos hologramas. Puede que en este encuentre el nombre de la librería o las caras de los trabajadores, o quizás hasta mi propia cara.

TERCERA CONJUGACIÓN

Hoy en clase de español revisamos el verbo regular de la tercera conjugación *vivir*.

El grupo Español 1, 17:30-19:00, principiantes, conjugaba perfectamente el verbo con la primera persona del singular en presente.

Vivo.

Y decían: "Vivo en una casa roja", "Vivo en Kongensgate *23*", "Vivo en Bodø".

Yo escribía sus ejemplos en la pizarra y trazaba la *v* dos palos, la *i* un palo, dos palos otra vez, *v* y un círculo.

Vivo.

Once veces escribí con tiza blanca "vivo", y terminé agotada y con un nudo en la garganta.

Cómo decirle ahora a la clase satisfecha que vivir no sólo es habitar una casa con dirección postal, ciudad, país.

Once veces leí "vivo" y pensé en mis tantas vidas de gato, y vi pasar mi vida hasta el día de hoy, y vivir y vivir y otra vez vivir tantas veces. Y a los once de la clase, con la voz ligeramente entrecortada, les dije:

–Pero *vivir* también significa algo más, que ahora mismo no vale la pena aprender.

Yo, por ahora, no lo puedo explicar.

El libro trata ese *vivir* en el módulo de nivel avanzado.

SALVAVIDAS

Hoy día fui a la universidad a inscribirme para el nuevo semestre. Estoy en el último año de la carrera, por lo que sólo llevo cursos de libre elección. Al llegar al mostrador, pedí ayuda al chico encargado de las inscripciones.

—No sé qué cursos tomar.

—Déjame que vea tu perfil.

Tecleaba en la computadora y miró mi récord. Me dijo que tomara ciencias políticas, política exterior y globalización y sociedades árticas.

—Sociedades árticas sí me va a gustar... Me gustan los osos polares.

—¿Y qué más?

—Pues... no sé bien.

—¿Qué te gusta?

—Me gustan los osos polares y tu camisa morada. Podría ser historia. Voy a tomar historia.

Mientras buscaba los datos de los cursos en la computadora, apareció de pronto una mosca, una mosca revoloteando.

La mosca se posó sobre el chico de la oficina y empezó a caminar sobre él. Él seguía con su trabajo, imperturbable, moviendo sólo el dedo índice sobre el *mouse*, frente al monitor. Yo veía cómo la mosca caminaba sobre su camisa morada, por el pecho, los brazos, le subía por el cuello, escalando por la piel rosada de sus orejas. El bicho parecía no tener alas, para recorrer todo ese trecho sin volar.

Cuando la mosca estaba caminando sobre su cabeza, moviéndose como un piojo inmenso entre su finísimo pelo rubio, me dio la impresión de que estaba siendo atendida por un muerto.

Si me encontrara un muerto en la calle, lo primero que haría sería buscar en sus bolsillos alguna identidad.

Buscar su nombre.

Él tenía su nombre grabado en letras negras sobre un prendedor plateado: Bjørn.

—Bjørn, te estás muriendo —me atreví a decirle.

La mosca voló.

Él levantó la cabeza y me miró a los ojos profundamente. Llegó un silencio que sentí sólido sobre la boca del estómago. No sé cómo describir la expresión de su mirada ahora, pero sentí miedo en ese momento. Quizá su mirada tenía una mezcla de rabia y tristeza azul, como el color de sus ojos.

—Aquí están tus cursos, María.

Me había llamado por mi nombre y yo por el suyo; todo era tan raro y denso como el ambiente de un juicio donde se está a punto de dictar sentencia.

Antes de irme, busqué por toda la oficina a la mosca. Mis ojos se movían para todos lados, mi mirada pasaba por encima de todos los objetos y sus recovecos visibles hasta que recibí la hoja de inscripción.

La mosca había desaparecido.

Esa desesperación por encontrar a la mosca me mareó. De pronto me empezaba un desmayo como una ola: los objetos brillaban y luego se diluían en la oscuridad, mientras la piel se me erizaba en escalofríos. Con ese malestar traté de seguir caminando, con la vista nublada, y una sensación de hormigas caminando por todo mi cuerpo, llegué hasta la cafetería.

Pedí una botella de agua y, al pagar, vi que la chica que atendía tenía una mosca caminándole por la frente. Se la espanté de inmediato, de un zarpazo violento con mi hoja de inscripción, que casi la golpeó en los ojos. Ella sonrió sorprendida:

—A veces hay moscas. Es porque hoy tenemos pescado de menú.

No le dije nada. Caminé hacia las mesas sintiendo el cuerpo pesado, la sangre espesa asentándose sobre mis extremidades, la respiración pausada y profunda, arrastrando las piernas en pasos lentos, como una salvavidas menuda saliendo del agua cargando un cuerpo tan grande como el de Bjørn.

Porque a ella ya le había salvado la vida.

*

–Te veo triste.

–Más bien estoy preocupada.

–¿Por?

–La jodí en el trabajo y creo que me van a despedir.

–…

–Imagínate trabajar en un teatro cargando las cosas de utilería, encargarte del telón, las alfombras y cosas así; y vas un día cargando la alfombra roja hecha un rollo, muy pesada, que se ha usado para el estreno, y estás en la parte de arriba del teatro y de pronto se te cae la alfombra sobre una fila de espectadores; les va torciendo el cuello, *clac, clac,* y va rodando y rodando, hasta que finalmente se desenrolla en el tablado y la actriz –la mala de la obra y mala actriz a la vez– piensa que es parte del drama, y en medio del acto camina sobre la alfombra triunfante, y la gente se va del teatro y sólo quedan en la sala esa fila de espectadores con el cuello roto quejándose e inmóviles, la mala actriz y yo.

–No sabía que trabajabas en un teatro…

—No, no trabajo en un teatro, soy mesera. Y hoy que servía un vino carísimo se me resbala la botella de la mano, se rompe la copa que estaba llenando, *clac*, y el vino rueda y se esparce como una alfombra roja sobre ese mantel blanco, en medio de esos elegantes comensales, todos malos actores con cara de tragedia.

—Será que escoges los trabajos equivocados.

COSA DE DOS

Una de Bollywood

Hoy por la mañana me detuvo en la calle un hombre joven con un claro acento extranjero. Con intensidad y confusión en la voz, me preguntó si yo era hindú.

–Sí soy –le contesté muy rápido, en castellano. El hombre caminó unos pasos, se sentó en un banco de aquella calle y luego se quebró a llorar. Lloraba a lágrima viva, mientras decía palabras que yo no entendía. Me miraba como pidiendo consuelo. Movía la cabeza de un lado al otro y se tocaba el pecho.

Recordé que algún tiempo atrás vi un documental sobre gente de la India que caminaba sobre brasas para limpiar sus almas. Este hombre tenía claramente el alma un poco enredada. Me dio curiosidad por saber si es que las plantas de sus pies tendrían cicatrices de quemaduras.

Me senté a su lado en silencio. Saqué de mi cartera un paquete de Kleenex y se lo puse entre las manos, le hice un gesto habla-que-yo-te-escucho, arqueando las cejas y apretando los labios en una ligera sonrisa.

Tomó uno de los pañuelos y se secó las lágrimas. Empezó a hablar en esa lengua tan extraña pero tan musical que yo no entendía. Me recordó la primera vez que escuché una canción en persa. No entendí nada, pero fue bellísimo.

Mientras me contaba su vida yo miraba su piel ceniza, observaba sus gestos, cómo cambiaba de expresión de golpe y estaba sorprendido, molesto, confundido, desolado, todo a la vez. Por ratos sonreía ligeramente con una mueca irónica que acompañaba con un aleteo rápido de la mano derecha, como si estuviera botando una pelota de básquet.

Escuchaba sus palabras y decía: "Sisoy, sisoy". Yo pensaba que ese "Sí soy" que le di como respuesta debe significar algo en hindú para haber removido lo más profundo de su alma.

Quizás era un mantra trascendental:

Sisoyyyyyyyyyyy

Mientras lo escuchaba, yo movía la cabeza hacia un lado como hacen los perros cuando tratan de entender algo; movía las manos también, como él, dándole botes a la pelota de básquet y sonriendo ligeramente. A veces hacía un movimiento con ambas manos como si limpiara una mesa y al mismo tiempo torcía la cabeza bruscamente hacia un lado, como desaprobando algo. Trataba de demostrarle atención y empatía, le estaba dando consejo.

Él reaccionaba como si lo entendiera todo.

De pronto, arrugó las cejas y movió los brazos en cruz, como diciendo: "Aquí se termina todo".

Le sonreí abiertamente, estando feliz de que, cualquiera que haya sido su drama, ahora seguramente había llegado a su fin.

Y así fue.

—Patni pati —me dijo sonriente.

Yo no le quité la sonrisa y le repetí: *"Patni pati* sí soy".

Entonces sacó de uno de sus bolsillos una sortija de oro con un brillante, me tomó de la mano y me la puso en el anular derecho. Con sus manos grandes, morenas y gastadas, empuñó luego la mía, pequeña, encerrándola toda y cubriendo la sortija.

Acepté la sortija de buena gana. Me abrazó tan fuerte y me tocó la cara, como en las películas de Bollywood cuando se va a besar la pareja enamorada.

Miré la hora y era tiempo de volver a casa. Me puse de pie con un ademán de princesa teatral al final de una obra. Empecé a caminar y él no me detuvo; caminó a mi lado.

Ahora estoy en la casa con un hindú sentado en el sofá y estoy comprometida.

Voy a prepararle ahora mismo la cena a mi *fiancé*. Hoy no podrán ser hamburguesas. Tengo felizmente un sobre instantáneo de *tikka masala*. Tomo un poco de *ketchup* y me hago un lunar en medio de la frente, yo sé que eso tiene algo que ver con el matrimonio hindú, lo vi en un documental.

—¿Tikka masala? —le digo.

Él sonríe y me abraza. Le ha gustado mi lunar.

Voy a poner unos palitos de colores de incienso y unas flores amarillas en la mesa. Luego pienso que tengo una falda hindú, un bolso hindú, un pareo que dice *Made in India*, y también unas sandalias.

Él se ha acomodado en mi sofá y se ha quitado los zapatos. Dentro de poco me fijaré en esas cicatrices que seguro debe tener en las plantas de los pies, pues se ve que es un hombre de alma limpia.

Tenían razón todos mis libros. El destino siempre da señales y hoy he tenido la luz para verlas. He logrado liberarme de mis karmas de soledad. Este día ha sido el día del cambio y todo ha sido perfecto. Como dice el profeta: el universo ha conspirado para realizar mi deseo.

Ahora sólo me queda cambiar el cuadro del Corazón de Jesús por uno de Shiva. No quiero empezar mal una relación seria.

LÍNEA

Lo primero que encontré hoy al llegar a casa fue la mirada de un extraño que estaba en mi comedor de diario.
–Estaba abierto, por eso entré –le dije, mientras me palpaba el bolsillo derecho buscando la navaja suiza.
No la tenía conmigo.
El miedo me hace sonreír y sonreí.
Él me devolvió la sonrisa.
Mientras me quitaba el abrigo, pensaba en mi navaja suiza: pensaba que él la podría tener, pensaba en cómo se sentiría hundir una navaja en el cuerpo de otro, pensaba en la sangre o si saldría un líquido amarillo de hundirle la navaja en el hígado.
Me senté con él a la mesa y me ofreció un café.
Vi cómo preparaba el café cuidando cada detalle. Abrió la alacena y buscó las bolsas de café, leyó el tipo de café que era y me preguntó si quería un café negro o un capuchino. Olió los empaques de café, los dejó frente a él por dos segundos y se decidió por el empaque rojo –yo hubiese hecho lo mismo–, hirvió el agua lavando antes la

tetera y calentó la leche agitándola perfectamente y sin violencia con un batidor de globo.

Le había pedido un capuchino. Me dio el frasco de canela y se sentó a la mesa, en el sitio que yo suelo ocupar.

Yo bebía el capuchino lentamente y, sentada desde ese sitio que no era el mío habitual, vi mi casa distinta.

—¿Tú no vas a tomar nada?

—No, es que ya he desayunado.

Entonces me fijé que en la cocina había migas de pan sobre la encimera, un vaso —ese tan horrible de payasitos que nunca uso— con restos de jugo de naranja y la mantequilla estaba aún fuera del refrigerador.

Mientras él bebía agua, yo casi terminaba el capuchino perfecto y observaba la casa desde el sitio de los invitados.

Quizá se veía todo más bonito y puede que haya sido esa la razón por la cual siempre sentaba ahí a mis invitados. No recuerdo por qué nunca me senté en este sitio. Cuando uno llega a una casa ocupa de pronto un lugar en la mesa, un lado de la cama, una posición determinada cuando se ducha. Uno no sabe por qué lo hace, sólo sucede así, y puede que inconscientemente sea que ocupamos el peor lado porque queremos impresionar a nuestros huéspedes.

Vivimos en un mundo de apariencias, aun en nuestra propia casa. Qué jodido.

—Tienes una casa linda —le dije.

—Gracias —sonrió—, pero la verdad es que yo no la he decorado.

Entonces pensé que iba a sacar un cuchillo de cocina y me lo iba a clavar en el estómago diciendo: "La casa era tuya, pero ahora yo soy el dueño". Yo sangraría hasta morir y sería como una escena de una película de terror casera.

En lugar de la escena de terror, me sirvió más capuchino y me preguntó:

—¿Y cómo te fue hoy?

Le empecé a contar todo lo que había hecho durante el día, y también todo ese rollo de hoy en el trabajo, que a lo mejor me despedían.

—Bueno, a veces cuando una puerta se cierra otra se abre —me dijo.

Se terminaba de beber el agua y eructó tapándose la boca, pero me pidió disculpas.

Recogió la mesa y miró el reloj. Empezó a preparar la cena. Yo me senté al lado de la ventana y jugaba con el cajón de los cubiertos, abriéndolo y cerrándolo. Ahí había dejado mi navaja suiza y me la guardé en el bolsillo en el momento en que él freía un bistec y cerró los ojos por miedo al aceite caliente.

Mientras cocinaba me contó que era escritor. Dentro de poco publicaría un libro que se llamaría *Líneas blancas*.

—¿Cocaína?

Se rio y me sentí tonta.

—Todo el mundo escribe sobre cocaína yo paso.

Me empezó a explicar que el libro se llamaba así porque él había viajado mucho por carretera: manejando camiones o haciendo autostop. Un día se le ocurrió medir las líneas blancas de la carretera en distintas partes y todas eran exactamente del mismo tamaño.

–Incluso fuera del país lo son. Piensa tú: un obrero chino en China dibuja la misma línea del mismo tamaño, y hace exactamente lo mismo, y puede que al mismo tiempo, que un obrero aquí, en la carretera marginal que conduce a la selva.

En su libro él usaba las líneas de la carretera como medida; no usaba kilómetros, sino líneas blancas. Hacía un inventario de líneas y las agrupaba con un tiempo y lugar determinados. Todo esto iba acompañado de una historia, de alguna fotografía o postal y de las hojas de cálculo y diagramas en donde relacionaba las líneas blancas de la carretera con su vida y los años vividos.

Me interesó su libro tanto como me empezó a interesar él. Nos pasamos hablando de su vida y de la mía durante toda la cena. Abrimos una botella de vino y otras más. Al final, ya borrachos, bailamos boleros y terminamos desnudos sobre la alfombra, haciendo el amor.

Al desvestirme, mi navaja suiza cayó al suelo. Él la tomó entre las manos, la abrió, y con el punzón me dejó en la piel un rasguño muy leve, que me mató de placer.

A la mañana siguiente desperté muy tarde. Salí corriendo y llegué atrasada al trabajo. Me despidieron y no me importó.

Volví, pero él ya no estaba. Me dejó una nota: "Siéntete en tu casa".

Me metí a la ducha y vi la línea que había dejado sobre mi cuerpo. La piel estaba ligeramente roja, como una cremallera. Era una línea larga que iba desde la garganta hasta el pubis y se unía a la línea del sexo. Me imaginé en una sala de operaciones, abierta como en una autopsia. Pensé en las clases de ciencias con sus ranas, en el pollo que debía deshuesar hoy, en la cremallera que, de abrirla, dejaría ver mis entrañas vivas y mi corazón latiendo, y pensé, cuando me secaba, en una línea de carretera.

He medido la línea de mi cuerpo y he salido a la calle a medir una de la carretera. Hay muchos camiones que pasan veloces y violentos; tocan la bocina, sobreparan, algunos me miran mientras me levanto la blusa y me tiendo bocabajo, empuñando la cinta métrica que vuela en el aire como una serpentina.

THE WRONG GIRL

ayer / sentados todos en pelotón / como ovejas borra-
chas en esa fiesta / yo me dije "esta noche no hablaré"
    ayer
    sólo quería oírte
    hablaste sobre el ipod / sobre el liverpool y el rosem-
borg /
    sobre la internet wireless y el teléfono ip hablaste so-
bre la ex de svein / sobre oasis / sobre oslo / sobre tu
gato muerto /
    hablaste sobre la nieve / sobre tus zapatos nuevos /
sobre tipos de oro / sobre el pavo / el chancho / los lan-
gostinos con mayonesa / dijiste que odiabas la lechuga /
las anchoas / las alcaparras / luego empezaste a usar la
palabra versus / cerrando la *u* con fuerza / y tu acento
sonaba al latín de un seminarista en los años veinte /
glenfiddich vs the famous grouse / liverpool vs man-
chester / cocaína vs hachís / blanco vs tinto / belle and
sebastian vs una banda que no me acuerdo

hablaste mucho sobre belle and sebastian / con entusiasmo / casi con alegría / como si fueran tus vecinos
belle y sebastian comiendo en tu mesa / usando tu baño / bebiendo tu vino / como si los vieras todos los días / cuando tiran la basura / o pasean al perro
yo empuñaba un vaso / el quinto ron con fanta / y mi cara roja / y mi chaqueta roja / y todos mis sentidos hechos una maraña
entonces me preguntaste / me preguntaron / ¿y a ti qué te parece belle and sebastian?
es un par que hace música de hilo musical de dentista mientras te taladran una muela: *dear catastrophe waitress*... pero más, creo, son de hilo musical de supermercado, música para empujar un carrito, llenarlo de enlatados, lechugas, papas... belle y sebastian empujan un carrito, hacen lista de la compra: papel higiénico, vino de caja, cloro, pan, servilletas, pescado, café, mermelada... y luego, cuando pagan, le sonríen a la cajera que tararea sus canciones como un mantra: *step into my office, baby.*
eso dije / más por joder que por otra cosa
quizá fue una blasfemia / en esa fiesta donde todos se llamaban / o bien belle / o bien sebastian
pero yo me llamaba claudia / y a mí nadie me mencionó /
ni tú siquiera
entonces como a las 3 am / vi que la luna llena brillaba / en mis pupilas de ron / mientras seguía
belle and sebastian
belle and sebastian

belle and sebastian
como un disco rayado
yo miraba por la ventana / y veía que la luna / tenía manchas
me puse de pie / me puse el abrigo / fui al baño / y llamé a un taxi
me fui
sin hacer ruido / sin que nadie se diera cuenta
en el taxi / le dije al chofer / "he sido la primera en dejar la fiesta / y no es muy tarde" / el chofer me dijo / "ahora estarán hablando de ti"
yo me recosté en la puerta / le sonreí al chofer / miré la luna / me quedé tranquila.

PLANTA

Quizá lo primero que uno se compra cuando empieza a vivir con otra persona, es decir, no con tu prima, ni tu amiga, ni tu hermano, ni tu madre sino, me refiero, en una relación de pareja, quizás el primer objeto que vaya a estar presente en alguna de las habitaciones de la nueva casa será una planta.

Yo creí haberme comprado un anturio *(anthurium)*, pero lo que en verdad tengo es una lila de la paz o *fredslilje (Spathiphyllum)*; al fin y al cabo, ambas especies pertenecen a la misma familia, las aráceas, me enteré de eso hace poco, cuando un señor con gafas gruesas se instaló en mi sala y, por alguna razón que hasta ahora me resulta un misterio, no dejó de mirar mi planta.

Le quise contar la historia de la planta, y que era más pequeña cuando la compré, que me costó setenta y cinco coronas noruegas y que luego la puse en una maceta más grande que me costó doscientas coronas noruegas y creció; quería decirle eso de que cuando uno se muda con alguien, o sea, ya dije, con una pareja, uno se compra

plantas. Es simple la asociación: el primer ser vivo que
habrá que cuidar hasta que algún día lleguen más plantas, gatos o hijos a llenar habitaciones.

(La maceta es la cabeza, ¿no?)

Pero no le dije mucho sobre mi planta, salvo que mi
anturio fue mi primera planta en este país. El señor de
gafas, un tipo entendido y culto, me explicó que no era
un anturio sino lo que ya conté. Me llamaba la atención
que no dejara de mirarla, y es que estaba un poco mori-
bunda; me dio un poco de vergüenza que la viera en ese
estado, como si hubiese visto en mí alguna herida que
supuraba y se pudría delante de sus ojos.

La verdad es que mi relación con esa planta es como
la que tengo conmigo misma desde que vivo sola. Antes
éramos tres seres vivos, pues había alguien más que se
ocupaba de la planta y veía si se marchitaba o no, si la
ponía al aire o la quitaba del sol directo; en todo caso, eso
fue hace mucho y ahora estamos solas yo y mi planta, y
a veces se marchita y soy consciente de ello, pero sé que
no se va a morir, porque cuando parece que agoniza voy a
la cocina, lleno la jarra medidora, diez decilitros de agua
fría, y le doy de beber un litro de agua de golpe.

El señor, luego de mirar un buen rato la planta, se
puso a mirarme a mí, directamente a los ojos y sin pes-
tañear, como el juego de la niñez de que al primero que
le lloren los ojos pierde y es de espíritu débil. A ninguno
de los dos se nos enrojecieron los ojos, no hubo lágrimas
ni juego. Lo que hizo él fue que mientras me miraba me
pasó la mano por el pelo, la bajó por mi cuello y la posó

en mi faringe. Yo me dejé tocar y tragué saliva y él la sintió en su tacto bajo mi piel. Después, sacó su mano de mi faringe, la subió por mi barbilla y la sujetó; la acercó hacia él como quien abre uno de esos cajones de un mueble de Ikea cuando está nuevo: así llegaba mi barbilla hacia la suya, como un cajón silencioso que se deslizaba calmado mientras se abría para dejar ver dientes y lengua ahí guardados.

Después del beso me levanté del sofá y el señor volvió la vista hacia la planta. Seguía tentada de contarle mis ideas acerca de las parejas que se compran plantas al mudarse y la maceta nueva, y que esa planta seguramente era macho, porque nunca había florecido. Temí que malinterpretase mi comentario y que lo tomase como una invitación a una vida en pareja. Temí también que me corrigiese y me dijera que no existen plantas hembras o machos y que todas son hermafroditas o bisexuales. No dije nada más sobre la planta, porque yo de plantas (como de casi todo) sé muy poco. Después de estar ahí un rato, yo de pie y él sentado en el sofá, ambos contemplando a la planta, sólo se me ocurrió tomarle una foto antes de darle de beber.

Fui a la cocina y traje la jarra medidora con diez decilitros de agua fría en una mano, y en la otra una botella de cava y dos copas. Yo le daba de beber a la planta y el señor servía el cava en las copas. Cuando volví al sofá empezó otra vez el juego de mirarse a los ojos, y esta vez a mí sí se me enrojecieron y quizá hasta salió alguna lágrima. Y no es que haya perdido el juego de mi niñez o que sea un alma débil, sino que mientras sosteníamos la mirada escuchaba a mi planta tragar agua, así sedienta desde hacía tanto tiempo, y tratando de ponerse en pie y seguir viviendo conmigo.

(Que debe ser difícil.)

Mientras la planta terminaba de absorber el agua, el señor de gafas y yo empezamos a beber el cava en tragos que nos ahogaban con burbujas mientras galopaban por nuestro esófago y nos llegaban al estómago como una cascada espumosa y blanca.

Ambos estábamos moribundos y definitivamente sedientos.

El señor ha vuelto varias veces a sentarse en mi sofá, y como mi planta ha revivido la ha dejado de mirar. Ahora lo que me preocupa es que, cada vez antes del ritual de mirarnos y besarnos, él haya tenido la mirada fija en algún otro objeto, alguno que seguramente me conoce bien porque ha vivido conmigo desde hace tiempo.

ELOÍSA

Yo era un tipo solitario e inseguro hasta que conocí a Eloísa. Confieso que al principio me fue difícil entender lo de sus hombres, pero con el tiempo pude darme cuenta de que esa situación me ayudó a crecer. Nos conocimos a través de una página de contactos. Después de intercambiar mensajes durante un tiempo ella me propuso que nos encontráramos en persona. Desde esa primera cita me dejé seducir por su zalamería y su elocuencia, que resultó ser la precisa para un tipo silencioso y huraño como yo.

Pronto se volvió costumbre que Eloísa se quedara en mi casa. Al principio se quedaba sólo a dormir, pero cuando las visitas se hicieron más frecuentes llegamos a tener una convivencia estable. Esa cotidianidad fortaleció mi confianza en ella. La calma que trajo la rutina me permitió observarla y fue entonces cuando reparé en esa forma tan peculiar que tenía de tomar los objetos.

Me percaté una noche durante la cena. Antes de llevárselos a la boca, deslizaba por la mesa los vasos y los cubiertos como si estuviera jugando a la Ouija. Días después noté que no sólo lo hacía en la mesa, sino que desplazaba otros objetos de la casa con las mismas maneras. Al principio no le di importancia, pero con el tiempo esos ademanes me llegaron a inquietar. Sabía, por experiencia, que las mañas de las mujeres siempre anunciaban desengaños.

Ahora su presencia empezó a perturbarme, más cuando fui consciente de lo poco que sabía de ella. Por ejemplo, no conocía su casa. Eloísa siempre tenía un pretexto para que no la visitase y yo aceptaba sus excusas para no incomodarla. Por su dirección, sabía que vivía en un distrito alejado y pobre, y a pesar de mi mortificación nunca tuve el valor de cuestionarla.

Un día finalmente me aventuré. Vivía en uno de los pocos edificios que quedaban en unas calles llenas de locales de comida chatarra. La penumbra y el vapor de las fritangas disimulaban el trajinar de indigentes, prostitutas y perros abandonados por los alrededores de su barrio. Toqué uno de los timbres y una voz de niño me contestó por el intercomunicador. Le pedí amablemente que me abriera la puerta, y así lo hizo.

Al final del vestíbulo me encontré con un patio bien iluminado, con un estanque rodeado de frondosas tujas, arbustos de granada y maceteros de barro rebosantes de flores. Ese jardín me resultó tan exótico como la propia Eloísa. Me pregunté entonces si lo extraño del lugar o su manera de mover los objetos eran motivos suficientes para desconfiar de ella. Mis pensamientos se vieron interrumpidos cuando una vieja se apareció en el patio y empezó a interrogarme:

—¡Oiga! ¿Qué quiere? ¿Qué hace acá?

—Disculpe, estoy buscando a la señorita Eloísa.

—¿Y por qué no llamó a su timbre?

—Es que ninguno tenía número.

—Bueno, ella no está, así que haga el favor de retirarse. Los vecinos estamos cansados de tanto hombre raro que trae esa señorita.

Volví a casa. Logré pasar esa noche al lado de Eloísa sin que ella notara mi desasosiego. Al día siguiente, soporté el ritual de alistarnos juntos, pero apenas vi que estaba completamente vestida, la saqué a empujones hasta llevarla al garaje. No me dejé convencer por sus lloriqueos. La sujeté del cuello y la metí al auto. Al fin, cuando quedaban sólo unos kilómetros para llegar a su casa, ella empezó a hablar.

El apartamento de Eloísa era lo más parecido a un basural que yo hubiese visto. Todo estaba desparramado. En algunos rincones se podía notar una intención de orden; sin embargo, parecía que un desequilibrado se hubiese hecho cargo de la tarea: había ropa dentro de la refrigeradora, macetas sobre el sofá, vajilla regada por todos los ambientes, latas de conserva apiladas al lado del baño. Imaginarla viviendo en ese chiquero me creó una maraña de emociones. Dudaba entre la rabia y la lástima cuando, de pronto, un hombre salió de su habitación.

—Eloísa —dijo, casi susurrando:

—Por favor, no le hagas daño. Ya te expliqué la situación. Le voy a abrir la puerta para que se vaya.

El sujeto abandonó la casa, pero su actitud enajenada me turbó hasta debilitarme por completo. Me desmoroné y Eloísa se puso de rodillas a mi lado. Cuando empezó a remover sus cachivaches, pude ver que todo lo que me había contado era cierto.

La plaga de luciérnagas la había invadido hacía algunos años. La idea de tener que exterminar esos bichitos luminosos la afligía demasiado. Entonces pensó que, si arreglaba el patio como un frondoso jardín, los insectos se verían atraídos hacia su medio natural y abandonarían el apartamento. Pero, cuando el jardín estuvo listo e intentó desalojar a los bichos, estos se resistieron. Y así fue como ocurrió: ella empezó a hablarles y, como impulsadas por su labia imparable, las luciérnagas comenzaron a transformarse en hombres.

Intentó relacionarse con esos sujetos que ella misma cultivaba con sus discursos, pero desistió al darse cuenta de que esos hombres de luz, aunque tenían la capacidad de expresarse, no toleraban demasiada conversación y se deterioraban hasta pudrirse. Esas pérdidas la afectaron y se recluyó. Pasó largo tiempo encerrada, experimentando formas de deshacerse de esos extraños seres sin tener que matarlos. Sólo deslizando los objetos que estaban impregnados de bichos fue que logró acercarlos a puertas y ventanas, para que saliesen volando de su casa.

Vivir en silencio y sin poder moverse con libertad se le hizo insoportable. Hubo momentos en que se hartaba de su propia delicadeza y lo desordenaba todo, lo que terminaba exacerbando a la plaga. Padeció arranques de verborreas histéricas que derivaban en una serie de criaturas que atestaban su casa. Por lo general se iban cuando ella les abría la puerta. Sin embargo, hubo algunos que se resistieron. A estos tuvo que hablarles hasta desintegrarlos, lo que no hacía sino perpetuar un círculo vicioso. Unos insectos oían las conversaciones que descomponían a otros y ese barullo era suficiente para iniciar la transformación.

Eloísa decidió no hablar más con ningún hombre. Hasta que me conoció. Quedarse en mi casa le facilitó la tarea de deshacerse de la mayoría de sus hombres enteros, y alimentó a los perros callejeros con los seres atrofiados que le quedaban. De vez en cuando volvemos a su apartamento y ella me anima a que les hable a las luciérnagas. Está convencida de que, si me empeño, podría hacer surgir a una mujer con mi charla. Yo suelto algunas frases amables que no logran más que trocar algunos bichitos en bultos gelatinosos con las protuberancias de un cuerpo femenino.

Sinceramente, no estoy interesado en hablar con otras mujeres, pero le sigo la corriente porque creo que a ella le gustaría sentir que es la elegida entre varias; la haría sentir especial. Así son todas: si se preocupan por brillar es porque quieren, además de atraparnos, opacar a las otras.

Hay días en que se pone a charlar con las luciérnagas con la excusa de que yo pueda hacer nuevos amigos. Pero yo sé que no es por eso. Su elocuencia no es otra cosa que un disfraz para su inseguridad. Nunca me lo va a decir, pero sé que necesita contrastarme con otros hombres para convencerse de que ha escogido bien.

Ahora Eloísa calla y me deja con los nuevos muchachos. Antes de despedirlos, les ofrezco unas cervezas que bebemos en silencio, pues no necesitamos demostrar nada. Sabemos bien que, a pesar de nuestro brillo tenue e intermitente, somos seres enteros y libres.

Cosa de dos

–¿Podría cerrar la puerta, por favor?
Cerré la puerta, y por un momento todo fue oscuridad. Luego él encendió la luz del armario. Él, sentado en su lado, junto a sus camisas finísimas y a su Discman. Yo, en mi lado, con un libro, rodeada de mis vestidos y perfumes.
Un domingo durante el desayuno, me dijo: "Tiene que ser en el armario. Es el lugar más personal, tú y yo separados por el espejo que nos muestra tal como somos".
Transcurrieron unos meses desde que pasábamos nuestras tardes en el armario. Una vez se lo conté a Silvia y me dijo que estábamos locos. Yo seguía pensando que Víctor cada día perdía la razón, a pesar de que él insistía en que esto era una especie de terapia.
No hablábamos de casi nada pero, según él, el hecho de estar juntos en un espacio tan estrecho nos acercaba más.
–¿Sabes, Silvia? Las cosas no van bien.
–¿Y crees que la solución la encontrarán en el armario?

–Quizás…

Me despedí con un beso y le pagué el café. Cuando llegué a casa, Víctor leía el periódico y movía la pierna izquierda sin parar, el mismo movimiento que hizo el día que me pidió matrimonio. Sentí un poco de miedo al acercarme a darle un beso.

–Fui a tomar un café con Silvia, te manda saludos. Quizá la próxima semana venga a vernos.

Víctor puso los anteojos dentro de la funda, hizo con el periódico un rollito y dijo:

–¿Sería usted tan amable de dormir en la habitación de al lado desde esta noche y hacerlo así desde ahora en adelante?

Mi asombro me dejó sin hablar por unos minutos. Luego de un momento, cuando él desenrolló el periódico otra vez y encendió la televisión, me acerqué y le dije susurrándole al oído:

–¿Desea una copa de vino tinto?

–No, gracias.

Esa noche dormí en la habitación de al lado, tal como me lo había pedido. La habitación era blanca y no había nada, salvo una cama, lo cual me daba cierta sensación de locura.

Nos tratábamos de "usted", y no me molestaba demasiado. Yo continuaba preparándole la comida, planchándole la ropa y haciendo las cosas de siempre. A simple vista todo seguía igual.

Cierto día, cuando él llegó del trabajo, empecé a besarlo con fuerza; lo abracé y le dije: "Te quiero". Él se dejó por un momento y luego me dijo: "Déjeme, por favor, estoy cansado".

—No sé cómo puedes seguir en esta situación, Úrsula.

—No me molesta.

—No iré a tu casa el fin de semana, me sentiría incómoda.

—Como quieras, Silvia...

Cuando llegué a casa, él me esperaba en la mesa con una taza de café servida.

—Acabo de tomar café con Silvia.

—No me importa dónde estuvo, sólo quiero que se siente un momento conmigo. ¿Ha llorado?

—No.

—Hoy no se puso reloj. ¿Es por causa de las uñas pintadas?

A pesar de que llevaba las mangas largas, no sé cómo él notaba si usaba o no reloj. Notaba cada detalle diferente en mí: las uñas pintadas, el perfume distinto o el lápiz de labios nuevo.

Recogí la taza de café llena y la tiré al desagüe. Él se fue al armario y dejó la puerta abierta en señal de espera.

Siempre que yo leía un libro dentro del armario y tomaba vino, él dejaba de escuchar música en su Discman, me pedía el libro que estaba leyendo, lo ojeaba cuidadosamente, con una mano en la barbilla y luego sonreía, pues había adivinado cuál podría ser una frase de mi gusto.

—Seguro que a usted, Úrsula, le gusta esta frase: "Pienso que este es el peligro de llevar un diario: se exagera todo, uno está al acecho, forzando continuamente la verdad". Y sabe por qué se lo digo, ¿cierto?

Lo decía en voz alta y convincente. Sabía que me lo decía porque seguramente había leído mi diario. Yo me mostraba siempre indiferente. Bien sabía yo que la indiferencia le molestaba, pero la verdad es que siempre estaba muy pendiente de él.

Una tarde se me ocurrió arrancar las páginas en blanco de todos mis libros. Estaba segura de que él lo notaría ya que era un tipo extremadamente detallista. Esa tarde, como solía hacerlo, me pidió el libro que estaba leyendo. Como siempre, antes de leerlo lo examinó y notó la falta de las páginas en blanco, las primeras y las últimas. No dijo nada; sólo hizo un gesto de amargura y me arrojó el libro casi por la cara. Yo sonreí ligeramente.

—Usted me odia, ¿verdad, Úrsula?

—No, Víctor. No lo odio.

—¿Acaso me ama?

—Sí, lo amo.

—Pero usted quiere volverme loco, ¿no es cierto?

—Víctor, usted está loco de un tiempo a esta parte. Desde que pasamos las tardes en el armario; desde que me besa en la mano derecha y no en los labios; desde que duermo sola.

—Usted quiere enloquecerme arrancando las páginas en blanco de sus libros, tratándome de usted, durmiendo en la habitación de al lado…

—¡Víctor, hago eso porque lo amo! ¡Hago lo que usted me pide!

—Eso es indiferencia, Úrsula; nunca se opone a nada. Usted sabe que odio la indiferencia.

La puerta del armario esta vez estaba entreabierta, entraba un poco de frío. Las lentejuelas de uno de mis vestidos colgados brillaban como falsas estrellitas de plástico. Me molestaba un poco mirarlas directamente, así que cerré los ojos y me quedé en silencio.

PLÁSTICO

La soledad hace que busque cualquier cosa que pueda unirme a alguien. Por ejemplo, acostumbro comprar los libros que son más baratos y populares, los que se venden en masa, sólo para tener la posibilidad de encontrarme a alguien con el mismo libro y quizás iniciar una conversación.

También pasa que compro cosas muy elaboradas o peculiares como un Tamagotchi o una marioneta, porque también me vienen ganas de que no cualquiera me mire alguien que sea complejo, que elabore sus opciones, que disecte las cosas y así llegue a mí y me descubra.

Pero mis esfuerzos por lograr compañía me agotan y me olvido de mí mismo, de elegir lo que quiero para mí y no para coincidir con otros.

Llevo una botella de agua con gas. Aunque es una bebida común que seguramente muchos tendrán, esta vez la he comprado porque tengo sed, porque tengo más ganas de beber agua con gas que de estar buscando compañía.

Ella se sienta a mi lado y también lleva una botella,

pero no de agua, sino de una bebida verde con cafeína. Espero a que abra su botella y segundos después abro la mía. Ella me sonríe. Allí estamos los dos en el bus bebiendo de botellas de plásticos que quizá fueron reciclados de los mismos desechos, una botella de la misma capacidad, medio litro de algo líquido se nos mete en el cuerpo casi al mismo tiempo y nuestros estómagos se hinchan como una coreografía de globos.

Cierro la botella y la sostengo entre mis manos como a un animal frágil. Ella cierra también su botella, pero la sujeta con firmeza y sólo con una mano. Con la otra mano manosea la tapa y descubre aquel plástico como una dentadura de pez que sirve de precinto de seguridad. Los dientes de los peces acarician mis yemas y, mientras ella juega con el plástico, yo me hundo en el mar. Ella deja de jugar con aquel plástico y lo observa. Escudriña la botella y el temple de su mirada llena todo el espacio del autobús y se mete dentro de mí. Su mirada pesa en mi tráquea y mi estómago, e inmediatamente ella pone la botella abierta entre sus muslos y la sujeta entre su carne forrada en tela de flores. Toma la tapa y pasea sus yemas por el precinto dentado. El líquido entre sus muslos olea y revienta contra las paredes de la botella. En sus manos ella toma aquel precinto y le aplasta los dientes con el pulgar, lo estira y luego le da vueltas, lo retuerce como quien tortura a un ratón por la cola.

El plástico azul se vuelve blanco y esa cola dentada está a punto de romperse y yo también, mientras ella se mete ese rabillo de plástico a la boca y lo separa de la tapa con una sola mordida de guillotina. Pasea una tira de plástico de dientes romos por su lengua, baja ligeramente la cabeza y la escupe con toda la fuerza de sus pulmones y su tráquea de pistola de aire. El rabillo se pierde en el piso inmundo del bus y ella lo pisa mientras saca la botella de entre sus muslos y sigue bebiendo.

*

La Mujer, completamente ebria, cae sobre el sofá y las paredes delgadas de la habitación tiemblan. Un hilo de saliva se extiende desde la comisura de sus labios hasta el suelo. Resopla. El Niño, recién bañado y con el cabello húmedo, se sienta a la mesa con un cuaderno azul y un lápiz nuevo. Estornuda. El Hombre peina cuidadosamente al Niño; luego lo perfuma y el olor del ambiente cambia por un instante: de alcohol rancio a colonia de lavanda. Suspira.

—Papá, ¿qué significa *ego?*

La Mujer murmura incoherencias. Trata de acomodarse en el sofá, lo cual le produce un mareo e, inmediatamente después, fuertes arcadas. El Hombre acerca un cubo con agua junto al sofá donde ella yace alcoholizada, para evitar que la alfombra se manche de borracheras. Luego regresa junto al Niño.

—Ego... Ego es una loción *aftershave* de Armani. Tengo una botella en el botiquín. Cuando la uso y salgo a la calle, advierto que a la gente le gusta el aroma. Me miran todos, casi sonriendo, mientras aspiran el aire perfumado del Ego que dejo a mi paso; sobre todo las damas. El Ego huele muy bien.

El Niño toma el lápiz y escribe en su cuaderno azul: "Oración 1.- Mi papá huele a Ego. A las damas les gusta su olor".

La Mujer tiene otra arcada. El Hombre le acerca el cubo muy cerca de la boca y le seca el sudor de la frente casi acariciándola.

−Cabrón, hijo de puta... −le dice ella, y luego vomita.

El puño de la camisa del Hombre queda manchado de vómito. El Niño escribe en su cuaderno: "Oración 2". Deja el lápiz a un lado y se vuelve para darle a su padre una mirada de tristeza.

AQUÍ Y ALLÍ

Tipo B

Una vez me llevaron al médico, pues tenía ojeras. Me preguntaron varias cosas, llené unos cuestionarios, hice unos dibujitos de mí misma, de una casa y de un árbol, y al final me pusieron un diapasón en la frente y me preguntaron qué sentía. Yo dije que sentía una vibración, pues eso era lo que debía decir, pero yo lo que sentía en realidad era el frío del metal rozándome la frente, una nota en espiral intensa e infinita que se deslizaba por mi médula mientras me perdía en lo blanco del delantal del médico. Días después volví a la consulta y me dijeron que era una persona tipo B. Me sonó como ser de segunda división y me sentó mal escuchar ese diagnóstico. Aunque no sabía bien qué quería decir ser persona del tipo B, estaba convencida de que era mejor ser persona del tipo A. Luego el médico me explicó que las personas del tipo B son aquellas que se desenvuelven mejor por la noche y así las horas de oscuridad son para ellas las más productivas del día, porque la luz del sol y de la luna influye de distintas maneras.

–Ah, bueno –repliqué cuando me lo explicaron.

Después de todo no era tan malo ser del tipo B, era como vivir sobre el huso horario asiático y seguramente soy así porque siempre he tenido una gran atracción por lo oriental. Pensé entonces que me mandarían a la casa y buenas noches los pastores, pero el médico me dijo que lo mejor era que me volviera persona tipo A.

No sé si será mejor ser del tipo A pero, al no tener ojeras, a estas personas les hacen menos preguntas y no generan dudas en los empleadores durante las entrevistas de trabajo.

Intenté entonces seguir las instrucciones del médico para convertirme en una persona del tipo A. Lo conseguí por unas semanas y también conseguí un nuevo trabajo, pues pasé la entrevista a la que fui sin ojeras, con traje sastre y el pelo alisado. Una vez que conseguí el trabajo y ya no había empleador a quien engañar, volví a ser del tipo B.

Lo malo de ser tipo B es que la oscuridad es necesaria para la productividad, pero, viviendo en el Polo Norte, con sus noches blancas, no produzco nada. Me distraigo en la luz viendo cómo las partículas de polvo flotan en ella, voy imaginando las estrellas que ya no veo pero que sí me ven a mí mientras espero el sueño, y así me pierdo en la luminosidad del cielo, en nubes colgadas sobre mí todo el día, buscando en ellas dragones y dinosaurios.

Pensamientos plastilina

Parece que el invierno oscuro y helado ya se ha ido, pues hoy finalmente hizo tiempo de primavera. Me senté en el banco de un parque a esperar a que pasara algo, y, como siempre, algo sucedió: el ruido de una cortadora de césped.

Un muchacho como de mi edad apareció de pronto a cortar el pasto con un aparato que no había visto antes. No era la máquina de siempre, la que uno tiene que ir empujando mientras camina por el césped. Esto era más interesante. Era un tubo en cuyo extremo había una hélice que iba cortando la hierba a toda velocidad. El muchacho era un artista, un peluquero del césped. Sostenía siempre la hélice con el pulso preciso, siempre a la misma altura, y la deslizaba lentamente sobre la hierba. El movimiento era parejo y perfecto, y daba la impresión de que él era parte del artefacto. Era como si su brazo levitara sobre la hierba y la fuera cortando en un acto de magia. Caminó por el parque de arriba abajo, repitiendo el paseo varias veces de la misma manera, como yo cuando doy paseos dentro de mi casa. Al final lo dejó todo parejo, el pasto parecía la cabeza de un soldado joven cuando ingresa al ejército, con el pelo verde recién cortado.

Desde mi banco lo aplaudí en agradecimiento de su acto de magia. Él señaló la cortadora y luego se inclinó con una mano sobre su vientre, así como lo hacen los artistas del teatro antes de que caiga el telón.

Luego vino el segundo acto.

El mismo muchacho trajo un aparato parecido, un tubo también, pero ahora llevaba a la espalda una especie de mochila. Era una aspiradora. En la mochila iba recogiendo los restos de la hierba cortada. Observé al muchacho repetir los mismos movimientos en su caminar por el parque y me entretuve viendo cómo el césped iba dejando rastros que el aparato absorbía en una lluvia verde de pedacitos de hierba fresca. Cuando terminó, vació el contenido de su mochila en una malla y lo envolvió todo.

Lo volví a aplaudir. Él hizo el mismo gesto de antes y desapareció.

Había, sin querer, presenciado una obra de teatro.

Luego vino ese olor a hierba cortada que siempre me ha encantado. Es un olor que impregna en todas partes cada vez que se corta el pasto y todo se vuelve verde, fresco, y el mundo pareciera envolvernos en ese manto vegetal. Me quedé un rato respirando profundamente ese olor verde, hasta guardarlo dentro de mí y volverme como un verso: *verde carne, pelo verde.*

(Fotosíntesis)

En esta época del año en que no oscurece, las plantas viven en una actividad constante. No descansan, les circula la savia por los vasos y las nervaduras todo el día. La clorofila fluye y se adhiere a sus poros y al aire. A mí me pasa algo parecido. En primavera la sangre me fluye violenta y mi actividad física –y mental, que a veces tengo– se convierte en un galope salvaje. Es en esta época que llega el insomnio rampante.

*

La vez pasada, por estar tantas horas sin dormir se me adormeció el cuero de la cabeza. Me miré al espejo y veía mi cabeza como en esos dibujos de los libros de anatomía que tanto me gustan, con las venas y arterias bien definidas y la sangre brillante circulando a chorros mientras me movía, como si mis músculos fueran los diques que presionaran el río de sangre en el torrente de mis movimientos. El pensamiento se me llenaba de nubes y la mirada se me cubría por un velo denso de niebla que se iba enredando en todo lo que había. El vértigo de mi sangre no cesaba con la luz que entraba como una ola desde afuera, y producía una fotosíntesis que movía mis fluidos hacia las raíces del cuerpo, hacia los nudos y nervaduras, hacia mi tallo y mis flores. Me volví una planta y me puse bajo un chorro de agua helada por unos minutos; el peso de cada gota de agua presionaba las raíces de mi melena. Toda esa agua cayendo sobre mi cuello y mi rostro con los ojos cerrados como el jugo de mi cansancio y de mi vigilia prolongada. Los pensamientos líquidos empapándome y volviendo hacia mí a través de los poros, absorbidos por mi pie, tibios, colándose en mi sangre y girando dentro de mí en un espiral eterno.

Ahora en este banco veo la hierba crecer desbocada e insomne, como yo en primavera.

A mi cabeza llega un gigante verde de plastilina. Sus pasos no hacen ruido, pero marcan el camino con el trazo grueso de una masa blanda y densa que se va adhiriendo al suelo. El gigante saca de su bolsillo una cortadora de césped como la del muchacho que desapareció hace poco y empieza a podar el jardín. Yo me acuesto sobre el banco y veo la hierba de cerca: una multitud de humanos verdes e insomnes, todos de pie esperando el sueño. El gigante camina sobre ellos y con su podadora los va decapitando uno a uno, y un chorro de sangre brota cuando la cuchilla pasa sobre ellos.

Una niña acostada en un banco lo ve y lo aplaude. El gigante la toma entre sus manos y la arrulla hasta que ella se queda dormida aspirando los dos el olor a sangre.

El banco se ha vuelto tan blando como el vientre del gigante. Yo me estiro y, después de todo lo que he visto, me dispongo a dormir una siesta.

OLOR A PESCADO

Cuando la gente habla de los olores de su infancia, suelen
hablar del café, del pan recién horneado, del chocolate,
del olor de los cuadernos nuevos y los lápices recién ta-
jados. Yo también podría hablar de esos olores, pero yo
nací y crecí (y alguna vez morí) en Lima, así es que mi
infancia está marcada por otra cosa: el olor a pescado
muerto.

Lima huele a pescado.

Recuerdo cómo ese olor llegaba de pronto cuando
amanecía; a veces era tan fuerte que me despertaba. El
olor se volvía denso y casi sólido durante el desayuno, y
parecía darle un color de vísceras de pescado a esas mañanas oscuras y de acero envueltas en tripas y agallas,
mientras mi madre me hacía la lonchera con el canto de
una paloma cuculí de fondo. Ese olor todo lo tocaba y se
nos metía por debajo de la piel.

En el colegio, nos mirábamos las caras y hacíamos
muecas de asco y nos reíamos, porque el asco en la niñez
suele dar risa y es sólo con los años que se descubre que

el asco es algo más serio y hasta a veces puede ser furibundo.

Envueltos en nuestros uniformes grises, nos sentábamos en la humedad del patio a conversar sobre el olor. Decíamos que venía de una fábrica de harina de pescado y, durante el recreo, había una fila infinita de pescados que pasaban a ser triturados por unas cuchillas enormes que salpicaban sus vísceras y escamas en los ojos de los trabajadores. Alguien decía que ese pescado de las fábricas era el mismo que nos iban a servir en casa en el almuerzo. Otra vez volvía la risa y las muecas de asco en nuestros rostros de párvulos.

Una vez escuché decir a un poeta que Lima huele a puta. Yo seguía siendo una niña de escuela primaria y nuestras especulaciones sobre el olor a pescado de algunas mañanas de invierno tenían ahora un elemento más: el olor a puta. De chica no te imaginas bien a las putas ni sabes bien qué es lo que hacen. Las puedes reconocer en la calle, sí, pues sabes que se visten escotadas y se paran en las esquinas. Así en los recreos íbamos armando en nuestras conversaciones a las putas de Lima. Algunos compañeros decían que el olor a pescado lo tenían en la boca, otros decían que en el sudor, alguno más informado decía que entre las piernas.

Recuerdo una mañana de invierno en que el olor se hizo más intenso que nunca y se convirtió en noticia.

El mar había varado miles de pescados que cubrían las orillas, cada uno de ellos como una escama, y dibujaban un pescado inmenso a lo largo del litoral de Lima.

Los pescados eran oscuros, con un brillo plateado y azulado que les daba una apariencia de metal. Recuerdo bien su aspecto en el televisor JVC, que era a colores y a control remoto: por entonces había llegado a ser la novedad del año.

Veía a la gente a colores que iba a las playas con baldes de colores a recoger los pescados. Todos se iban contentos con sus baldes llenos a casa y yo imaginaba que comían por meses ceviche, sudado, escabeche, croquetas, pescado al ajo...

–Mamá –dije–. ¿Por qué no vamos nosotras también a recoger pescado como toda la gente?

Mi madre, en tono serio:

–¿Cómo se te ocurre? Además, cuando el mar vara los peces es seguramente porque están enfermos, se deben estar pudriendo.

Yo seguía viendo en las noticias de la tele a toda esa gente sonriendo con sus baldes llenos de pescado. Algunos eran entrevistados ahí, con los pies desnudos hundidos entre los peces, cubiertos de escamas y sudorosos, y decían que era ya la segunda vez que iban a por pescado y que estaba bueno, muy rico, que no había ningún peligro de comerlo.

Yo ya no quería comer pescado, pero ahora quería saber qué se sentía hundir los pies en ellos. Quería saber cómo era al tacto la piel de un pescado varado por el mar, cómo se sentían sus cuerpos babosos y sus escamas tocándome los poros. Quería zambullirme en esos pescados y que me envolviera ese olor que tiene Lima para que la ciudad se me quedara por dentro. Quería más que nada ver frente a mí a todos esos miles de pescados que yacían en la orilla como los muertos en el día D. Quería saber si de verdad estaban todos muertos o si quizás habría alguno vivo moviendo las agallas.

Nunca lo supe, pues nunca los vi.

Tampoco supe si la gente se los llevó todos o los recogió el municipio. Pero por mucho tiempo imaginé que los pescados se pudrían y luego quedaban los esqueletos que la gente recogía para hacer collares o pulseras.

Desde entonces mi infancia huele a pescado y a puta; mi infancia está marcada por la noticia del pescado aquella, que me impactó y me alegró en la niñez, y que con los años se ha convertido en una anécdota triste y oscura.

Ahora es mirar con mis ojos de adulta la pobreza del país que sonreía a pesar de la crisis de entonces; que se alegraba de recoger pescados varados una mañana de invierno porque con eso iban a alimentarse las familias. La imagen de los pescados vuelve a mi cabeza y me hundo en las espinas del dolor al pensar en todos los muertos varados por el terrorismo a lo largo de la sierra. Esa gente pobre y esos muertos que seguí por la televisión a colores durante todas las mañanas de mi infancia, y que ahora vuelven como una postal de Lima escrita con mucho dolor y a la vez con mucha indiferencia.

RECUERDO

Recuerdo que mi madre una vez se tuvo que ir de viaje por unos días, y cuando se despidió de mí me dejó un mono de peluche para que me acompañara hasta su regreso.

Tendría unos cuatro años y ese mono lo cargué hasta que tuve diez u once. Era un mono gris que tenía las manos, las orejas, las patas y la cara de plástico. Los pulgares estaban hechos de tal manera que se los podías meter a la nariz o en las orejas.

Recuerdo también que mi madre tenía un clóset lleno de útiles de escritorio. A veces, ella y yo nos metíamos a ese clóset a buscar sabe Dios qué, y terminábamos ordenando todos los papeles y útiles que allí había.

De mi madre tengo muchas cosas: la risa y la capacidad de hablar en clave. A veces basta una situación de fondo y una sola palabra nuestra para entender el mensaje entero. De mi madre también tengo los ojos, no la forma, pero sí la capacidad de ver el detalle más pequeño de las cosas que nos rodean.

Suelo pensar en mi madre en las mañanas. Pienso en ella y en algunas de las cosas que hizo durante su vida, como ser voluntaria en la sierra, en Huaraz, en los setenta, cuando hubo terremoto y durmió por meses en un campamento, llevando frazadas y ropa, haciendo comida para los damnificados. Pienso en ella cada día, inevitablemente cada mañana cuando tomo café, pues en Lima era ella quien solía hacérmelo.

Recordar mi niñez es abrir un armario lleno de fotos, canciones, olores y palabras.

Y ahí está también mi abuela, de quien recuerdo hasta el tacto.

Una de las tantas cosas que recuerdo es que ella me peinaba para ir al colegio. Me hacía unas trenzas perfectas y tirantes, atadas con una cinta blanca de raso, y siempre me decía: "Cuánto pelo tienes, hijita, eso lo debes haber heredado de mí".

Antes de peinarme me empapaba la cabeza con agua fría, dándome palmaditas llenas de agua, según ella para que se me refrescara el cerebro y *me entre la lección*. Ahora que ha pasado el tiempo he olvidado las lecciones, pero no aquella sensación y el sonido de los chapoteos de sus manos sobre mi cabeza.

Otra cosa que recuerdo es que solía despertarme a medianoche y me iba corriendo a la habitación de mi madre.

A veces no estaba –viajaba por trabajo– y entonces corría a la habitación de quien estuviera conmigo, mi abuela o mi tía. Supongo que por eso ella me cantaba "Mi niña veneno", *Medianoche en mi cuarto, ella va a subir / Oigo sus pasos acercándose, veo la puerta abrir,* me cantaba esa canción porque mis pasos hacían ruido en la medianoche y siempre abría la puerta en un golpe.

Ella tenía un Volkswagen escarabajo rojo y me llevaba en él a todas partes, yo ponía la música en su carro, metía casetes y veía el parabrisas llenarse de la garúa insignificante de Lima, y la plumilla que iba y venía limpiando esa lluvia sucia mientras sonaba Lionel Ritchie, The Police, José José o Raphael. Ella me hablaba como si yo tuviera su edad cuando tomábamos helados enormes en la Botica Francesa del Jirón de la Unión que ya no existe (realmente debo estar haciéndome mayor). Me decía cosas como: "Cuando tengas una hija…", mientras me servían un banana split más grande que mi cabeza de cuatro años.

Recuerdo cómo se veía Lima en los ochenta: vacía, siempre gris, con menos gente y quizá con menos ruido para ponerle atención a las canciones que se quedaron en mi cabeza todo este tiempo.

Aún me sigo despertando a medianoche. A veces me levanto y escucho el ruido de mis propios pasos sobre la madera y el recuerdo de mi niñez viene corriendo al galope como los pasos de una niña asustada. De golpe abren la puerta mi mono de peluche, mi madre, mis trenzas tirándome las sienes, mi tía, el agua fría en la humedad de Lima, mi abuela, el olor a papeles del colegio. Toda aquella niñez me abre un tajo en la memoria que me duele y sale viva desde algún lado de mis adentros y se me pone delante. Entonces me siento un rato en la sala con un vaso de agua y escucho esta canción con el volumen muy bajito: *Me veo hablando con paredes hasta anochecer... / Mi niña veneno, tú tienes un modo sereno de ser...*

Y me quedo pensando en que hay días en que deseas que tu niñez vuelva de golpe, una madrugada cualquiera, cuando tienes veintiséis años y no puedes dormir, cuando estás en pijama y a solas.

No recuerdo

No me acordaba del ruido de las mañanas, del telediario
con acento, de los bares y su ruido de loza y de cubiertos
desayunando, de pasos apurados de las camareras ojero-
sas; no me acordaba de la gente grande bebiendo en taci-
tas chiquitas, del olor a ensaimadas, napolitanas, flautas,
churros; no me acordaba de aquella gente con prisa pero
que comía siempre con calma.

No me acordaba del jugo de naranjas valencianas, del
bocadillo y la hora que le correspondía, y del pan en ba-
rra (al que ahora le digo *baguette*), ni de las tapas, ni del
vino de Mercadona, ni de la calle Visitación donde nadie
nos visitaba; tampoco me acordaba del metro en la pa-
rada Benimaclet, ni de mis platos lavados y sin lavar; no
me acordaba de palabras como *sofrito, hucha, consumición*,
ni del estante con cómics que nunca leí; no me acordaba
de mi facultad de filología, ni de Esther, ni de Mireia, ni de
Raquel, ni de Pilar; no me acordaba de ti.

No me acordaba del barrio del Carmen, ni de Viveros,
ni del río Turia a veces como pintado por Sorolla, ni de

todas las calles de noche y sin nombre en el centro; no me acordaba de los Seat que toreaba por las calles, de las avenidas con mis pasos vacíos siempre huyendo, ni de las Vespas abrazadas a ti y sin casco, ni de las palomas enfermas con sus plazas y sus viejos; no me acordaba de las ramblas con sus ángeles y sus cafés, con sus fantasmas, con Dalí, Picasso, Lorca, Cernuda, Gaudí en las esquinas. No me acordaba de aquellos mis muertos por los que vivo. No me acordaba de las iglesias que parecían nuestras, ni de los quioscos comprando el diario *El País* que no era mi país; tampoco me acordaba del *buenos días, venga, vale, hasta ahora.*

No me acordaba de las cañas ni de los tercios de vida que se me iban en pesetas en el bar de la esquina; no me acordaba de las borracheras baratas con risas sonando tan cerca de casa; no me acordaba de los litros de vino llorado, del rioja del desamor de cada día y del sudor de cubatas y anís.

No me acordaba de las putas extranjeras que decían "cariño" y te lo vendían muy cerca de mi casa en el Centro, tampoco me acordaba de los yonquis que me pedían unos duritos para cerveza y cigarros; no me acordaba de los chinos todo a cien, ni de los moros y el costo de la vida; no me acordaba de la cola de Extranjería como la cola del dinosaurio para llegar al cielo de lo legal; no me acordaba de los locutorios donde nos encerrábamos en cabinas a regar lágrimas a través de cables en llamadas a larga —y dolorosa— distancia; no me acordaba de aquel país de inmigrantes salvados de las aguas, caídos del cielo, de aquel país de colores clavado en una península ajena.

No me acordaba de las pastillas, ni del tabaco, ni de los médicos, ni de las camillas y divanes, ni de la penumbra de la mesita de noche; no me acordaba de los otros lados de la cama, ni de las familias mías y vecinas, no me acordaba de mí misma.

No me acordaba de los besos mediterráneos, ni de los abrazos de Valencia, tampoco me acordaba de haber hecho el amor en español; no me acordaba del amor colgado y curándose con tanta sal, a oscuras y en silencio como una pierna de cerdo ibérico.

No me acordaba de los números de las líneas de los trenes de medianoche que me llevaban a cualquier parte; no me acordaba de los teléfonos de llamadas perdidas, de los contestadores llenos de cenizas; no me acordaba de los cálculos de las horas menos en Canarias y menos cuartos y menos veintes y los menos en mi tiempo quitándome los minutos para no llegar; no me acordaba de las monedas perforadas, ni que mil pesetas son seis euros y que dos años y medio en España son casi toda mi otra vida, y a veces, por segundos, cuando son las madrugadas menos cuarto, esos años son toda mi vida, toda la que tengo.

No me acordaba de ese pedazo de Iberia sumergida (como la de los Héroes) que llevo dentro y no se me va a quitar nunca, pues es una astilla rodeada de mi propia carne. Y tampoco me acordaba de que me gustaban los Hombres G.

Hasta que puse el CD uno y me dijo: *Yo no tengo a nadie sobre quien escribir.*

Y por eso ahora escribo todo esto.

PLACEBO

*

soy un crash-test dummy: un documental de amor y deseo.

(toma 1)

voy descontrolada por esa curva que dobla los veinticinco y es ahí donde sucede el accidente.

el impacto me desarma en siete partes. siete como el día de mi nacimiento. el día del accidente mayor.

dospiernas + dosbrazos + eltorso + lacabeza + elcorazón

siete

me hago pedazos y mi corazón a prueba, crash-test heart

el deseo lo estrella contra una pared mientras el amor con una cámara lo va grabando todo.

velocidad, intensidad, aceleración, impacto.

mi voz en off: obsérvese que a pesar de que el cinturón de seguridad está puesto el daño es muy grave.

(toma 2)

soy un dummy de siete partes desnudas y tendidas sobre las sábanas blancas de un hotel.

la curva que debo atravesar es ahora la curva de la cerradura donde una llave gira y abre la habitación de ese hotel.

sin hacer ruido voy hacia la puerta, la abro y hay una explosión, me desintegro.

mi voz en off, temblorosa: esto ha sido devastador.

y mientras dejo esa habitación deshecha mi amante ileso duerme y sueña entre sábanas blancas al lado de ·un reloj.

Placebo para no morir desangrada

I

Siempre recuerdo ese cuento de García Márquez, "El rastro de tu sangre en la nieve", donde Nena Daconte, una niña recién casada, muere durante su viaje de bodas, desangrada por un pinchazo que se hizo con una rosa en el dedo donde llevaba la alianza de matrimonio.

Su sangre dejaba un rastro por la carretera desde Madrid a París.

Kilómetros de un hilo de sangre.

II

Hace dos días tuve un dolor de cabeza como un bisturí.

Primero me iba abriendo la piel, de un solo lado de la cabeza, toda aquella parte que me rodea el ojo izquierdo; luego iba pelando los músculos, apartaba los nervios, cogía los ojos con una pinza y los presionaba e iba abriendo con una palanca el cráneo, en aquellas grietas como las de una nuez donde se unen mis huesos y se filtran mis pensamientos. Al final, todo ese dolor llegaba al cerebro, rodeado de alguna película viscosa que lo protegía.

El dolor palpitaba, se encendía y apagaba como el anuncio luminoso de un bar inmundo clavado en una ciudad vacía, un dolor intermitente.

El dolor era una brisa que soplaba sobre mi cerebro y hacía que esa viscosidad hecha de algo volátil se evaporase.

Un dolor que ardía como el kerosene vertido sobre madera, como la brisa que seca y que raja, ese aire que duele moviéndose entre astillas.

III

Hay días en que uno se levanta y le duele absolutamente todo, como si volviera con resaca de una borrachera de dolor. Nos pesa el cuerpo como si en lugar de sangre circulara mercurio, como si estuviéramos atravesados por esquirlas de explosiones que nos han dejado sordos, con la cabeza llena de agujeros por donde se nos escapan todos los pensamientos empapados en kerosene hasta consumirse en la nada, con las manos hirviendo y llenas de polvo y sólo un borrón en la mirada seca y sin brillo.

Uno se pasea hecho pedazos por su vida cotidiana, con su chaquetita de paño y su pañuelo de seda envueltos en dolor.

IV

A veces hay gente que se está desangrando delante de mí y sólo yo la veo. Ayer vi a una chica desangrarse en una cafetería.

Ella seguía comiendo una ensalada, seguía hablando por ratos con una señora sentada a su mesa y con un chico que al parecer era su marido, pues ambos tenían la misma alianza.

La sangre iba cayendo por los lados de la silla, por los filos de su suéter violeta, por su pelo recogido en una cola y por la desembocadura de sus pantalones, desde donde chorreaba en espiral y en gotitas.

Mi mesa estaba situada justo al frente de la de ellos, lo cual me permitía observarlo todo.

A ratos ella callaba, cortaba el pan con el cuchillo y lo iba manchando todo, se llevaba el pan a la boca en trocitos pequeños y miraba al vacío.

Se quedó quieta un rato, mirando el fondo de la cafetería mientras la señora y el chico seguían hablando, luego se levantó de la mesa y se dirigió al bidón de agua.

Mientras caminaba iba dejando un rastro de sangre a lo largo de la cafetería. Cogió tres vasos, los llenó de agua y los colocó en una bandeja.

Volvió.

Bebió el agua muy rápido, como si fuera una urgencia, como si tuviese algo muriendo en su garganta, y entonces empezó a sangrar más. El líquido se volvió menos denso, pálido. Salían los restos de sangre oscura en grumos que le quedaban dentro de las venas, mezclados con agua.

Estiró las piernas, dejó caer los brazos a un lado y reposó apenas la nuca sobre el respaldar de la silla, donde tenía colgada su chaqueta gris que se fue tiñendo de rojo. Al poco rato se levantaron los tres, y ella no dejó de sangrar con la chaqueta puesta.

Me quedé pensando toda la tarde en aquella chica, en su mirada perdida en el fondo de la cafetería, en sus tres vasos con agua, en sus pasos seguros a lo largo de la cafetería mientras se desangraba. Seguramente esa misma tarde moriría allí afuera.

V

Cuando uno toma una tableta de algún medicamento sabe que el dolor desaparecerá en menos de cuarenta y cinco minutos.

Durante ese tiempo piensa en el dolor y sólo espera que se vaya. Se va pensando en muchas cosas a la vez que uno se recuesta y cierra los ojos, mientras los químicos hacen efecto.

Según he leído, este esperar teniendo la certeza de que no nos dolerá más, este saber como una verdad que quedan cuarenta y cinco minutos para que se vaya el dolor, potencia el efecto del medicamento. De esta certeza de la llegada del alivio surge el efecto placebo.

Nos podrían dar una pastilla de tiza y decirnos que

es remedio para el dolor de cabeza. La tomaríamos, nos tenderíamos a pensar en el dolor y a esperar la cura, hasta que al final el dolor desaparecería, pues sólo nos quedaría la certeza del alivio.

Ese saber que hay cura es en sí la cura.

*

Hoy ha llegado esta niña a mis manos y a mí me ha parecido un ángel. Con el cuerpo frío sobre aquella cama de acero, la observo y me lleno de tristeza. Se ha suicidado esta tarde con ron y veneno para ratas. He abierto sus ojos y aún he visto brillo en sus pupilas. Le he tocado las manos, las tiene frías pero no tiesas, sino suaves y dóciles. En la comisura de sus labios tiene aún un poco de saliva casi plateada. Yo sé que es un ángel, porque los ángeles están por todas partes, pero en la cafetería de la morgue muchos dicen que era una prostituta. Dicen que llegó en un vestido rosa, escotado y pegadito. Vulgares todos, dicen que se le veían las tetas bien apretaditas y el culo grande con las nalgas marcadas sobre la tela. Yo la he visto desnuda. Su silueta sólo marcaba una sombra gris sobre el brillo del acero, resaltaba en ese espacio helado de la cámara frigorífica. Es un ángel, insisto, nadie ha venido a recogerla y los ángeles siempre andan solos, los ángeles no tienen familia.

HACERSE CARGO

Alguien se tiene que hacer cargo del alma.
Hoy me desperté con esa frase en la cabeza. Si alguien
hubiese despertado a mi lado, en lugar de "Buenos días"
le hubiese dicho: "Alguien se tiene que hacer cargo del
alma", y luego hubiese bostezado.
En el baño y con los ojos cerrados, en cada cepillada
sobre mis encías y dientes pensaba: alguien se tiene que
hacer cargo del alma.
Hoy tuve esa frase todo el día en la cabeza, martillán-
dome en mi lista de compras.

Lista:
—nata
—fresas
—jugo de naranja
—tomates
—champán
—jamón
—alguien se tiene que hacer cargo del alma

–detergente

–servilletas

–brócoli

–tampones (?)

Ahora que se acaban las vacaciones empieza uno a encontrarse con gente que regresa de viaje en la cola del supermercado.

Se les da por contar sus viajes en minutos, mientras la caja hace *biip* y *biip* y escupe una tira larga de tantas cosas con las que llenamos nuestras casas y nuestras vidas: mermeladas sobre nuestras tostadas y en el azúcar de nuestra sangre de toda la vida; detergente con el que lavamos nuestras sábanas manchadas de secretos; papeles que usamos para escribir mentiras, listas, líneas para no olvidar aun cuando sabemos que el olvido no existe; conservas enlatadas que quizá durarán más años que nosotros mismos, comidas grasosas en envases plásticos que quizá conservaremos hasta el día de nuestra muerte por si alguna vez nos sirven para guardar algo.

Y casi siempre, nada queda.

Alguien se tiene que hacer cargo del alma (guardárnosla en un pote plástico).

Hoy, escuché a dos hablar en el supermercado. Uno le contaba al otro su viaje a Tailandia:

"Por la calle las putas te cogen de la camisa y te insisten para que te vayas con ellas, son como sabandijas... y en los *pubs*, cuando estás meando, entran al baño y te encierran con el picaporte y ellas ahí, mientras tú estás meando y te dicen que te vayas con ellas... y Bangkok huele a mierda; sí, a mierda. No es que sólo huela mal, sino que huele a mierda."

Giré a verle la cara al turista y supuse que se debe haber acostado con mil putas en Tailandia, porque seguramente aquí nadie le hace caso.

—qué cruel—

Se le veía sucio. Era flaco y, a pesar de que era blanco, no era rosado como lo son casi todos, sino más bien entre gris y violáceo. Tenía los dientes pequeñitos y sucios como los de un ratón que ha comido un queso con moho.

Imaginé que alguna de las putas que se tiró le dijo: "Alguien se tiene que hacer cargo del alma", mientras se vestía y se guardaba el dinero en las tetas.

Alguien se tiene que hacer cargo del alma.

—pobre ratón—

Conducía por la carretera sin pasarme del límite de velocidad. Todo era perfecto.

(Menos mis pensamientos, menos yo.)

En la radio sonaba esa canción "No Rain", que describía tan bien mi estado por estos días:

And I don't understand why I sleep all day / And I start to complain that there's no rain / And all I can do is read a book to stay awake / And it rips my life away, but it's a great escape...

Luego imaginé que sucedía un accidente terrible en esta ciudad tranquila. Tan grande sería el accidente que saldría en los periódicos de todo el mundo.

Yo estaría ahí, en el accidente. Entre los escombros, los heridos y los muertos.

Me vi entonces con la frente rota y sangrante, con las manos sucias y la cara al ras del pavimento.

Y veía salir de sus escondites, en la cuneta de la carretera, a Dios y al Diablo.

Pensaba, atrapada entre los fierros retorcidos en mi frase: "Alguien se tiene que hacer cargo del alma".

¿Quién lo diría primero?

Dios y el Diablo se miran y lo dicen al mismo tiempo. Luego se separan por caminos distintos entre el desastre.

Dios les cierra los ojos a los muertos con un beso y el Diablo empieza a animar a los heridos, con palmadas violentas en las mejillas y a gritos.

Luz roja.

(pupilas del diablo)

Me detengo.

Alguien se tiene que hacer cargo de mi alma.

Oppfølgingstjenesten

Cuando tu estancia en un hospital mental sobrepasa un semestre, no sucede simplemente que te suelta el psiquiatra con prescripción lista y en mano, bajo la bendición del psicólogo y la venia de los enfermeros, no. Te asignan una persona encargada de "seguirte" para completar el trabajo. A esa persona le llaman *oppfølgingstjenesten* o algo así, como al servicio de seguimiento, y en tus días de paranoia puedes llegar a creer que de verdad te están siguiendo y te parece ver a esta persona en todos lados y evitas contarle mucho sobre ti; aunque luego hay días soleados y aceptas salir a tomar café con ella y le cuentas que a veces te da por llorar porque es otoño, pero que ya no necesitas tantas pastillas, ya no las quieres tomar.

En realidad, creo que no necesito que nadie me siga ni me cuide. Me cuida mi gato y me sigue la secuencia que guardo de los días registrados en distintos lugares, no puedo escapar de ellos aunque los adormezca, están siempre ahí, los diarios, el calendario, Facebook y hasta las facturas.

Pero, a pesar de que ya hace meses que lo dejé, Laila me sigue hasta ahora con sus ojos azules bien abiertos. A veces la llamo y le digo que no es necesario, entonces no la veo por varias semanas, pero sucede que otras veces le envío un mensaje diciéndole: "¿Cómo estás?, ¿muy ocupada esta semana?", y es cuando Laila intuye que es posible que me esté yendo a la mierda y me contesta de inmediato, me pone un *smiley* y hacemos una cita.

Laila viene a mi casa y siempre me sonríe, me abraza. Yo le tengo cariño a pesar de que mire el piso de mi departamento que a veces brilla, pero hoy lo vio con manchas de pintura. Supongo que lo anota en su reporte: "Manchas de pintura, pelo de gato, olor a limpio, ropa lavada, botellas vacías", imagino que anota todo lo que ve en cada visita.

Lo que me resulta curioso es que Laila tiene a cargo varios pacientes psiquiátricos, a quienes ayuda y hasta defiende, y sin embargo cree en extraterrestres, en las energías del universo, en los cristales y en los chamanes. Yo le digo que estar sin pastillas a veces se siente bien, pero cuando se siente mal se siente malísimo y lo peor es que te dan ganas de comer mucha azúcar. Ella me dice que hay cuarzos que te dan balance y que la meditación ayuda.

Creo que es mejor que me suba la dosis de cuarzos de colores a que me induzca a subir las dosis en miligramos que me da el médico con santo y sello. Pero de todas formas es curioso.

Laila me dijo hace poco que cree que el viento de otoño que desprende las hojas de los árboles nos va a desprender de todas nuestras cargas. Yo la escucho y sonrío. A veces creo que Laila ya ha dejado de seguirme y desde hace algún tiempo soy yo quien la viene siguiendo a ella.

*

Hoy en la cama, mientras esperaba una baja de temperatura con ibuprofeno que me vendió un mago, imaginé que era un país.

Imaginé que en las televisiones y en los periódicos de toda la población que habitaba en mi cuerpo los reportes del clima sentenciaban: "Ola de calor".

Empecé a sentir un hormigueo en todo el cuerpo y pensé que era toda la gente que me habitaba la que se movía en busca de un lugar más fresco.

Y entonces llegaban a las palmas de mis manos, húmedas, que sudaban un poco frío.

Tenía millones de habitantes calurosos, con sombrillas de playa y ropas ligeras en mis puños. Un poco desolados, tristes y ridículos, como cuando la gente va en grandes grupos a las playas y lo rompe todo.

Cerré los puños y los maté a todos.

Se volvieron mercurio.

Y fui entonces un país desolado.

Tom

Él se llama Tom. Tom es un nombre raro en Noruega,
porque *tom* en noruego significa:

tom || **tom** adj. (norr *tómr*)
1   som er uten innhold
     t-me hyller / postkassa er t- / arbeide på t- mage
uten å ha spist / *starte med to t-me hender* på bar bakke /
gå t- for bensin slippe opp for bensin
2   uten inventar; ubebodd, øde
     *et t-t rom/ huset har stått t-t i over et år / folket- /
det ble t-t etter dem* de ble savnet
3   uten rot i virkeligheten, verdiløs
     t-me beskyldninger, løfter, trusler /t-me fraser
4   som er uten initiativ, som er uten skapende kraft
     *kjenne seg t- innvendig / være t- for ideer / et t-t
blikk, smil.*

Traduzco.

tom adj.

1 sin contenido.
estanterías vacías / buzón vacío / estómago vacío / empezar con las manos vacías
2 sin bienes materiales o tangibles, inhabitado, vacío o abandonado.
una habitación vacía / casa deshabitada / gente abandonada
3 sin raíces o fundamentos en la realidad, sin valor.
acusaciones sin fundamento / promesas sin valor / frases vacías
4 sin iniciativa, sin capacidad o poder creativo o constructivo.
quedarse sin ideas / una mirada, sonrisa vacía.

Tom es para mí todo lo que el diccionario describe. Tom es un balde vacío en una habitación y yo llego a vomitar, orinar, sangrar; a llenarlo de algo mío y muy interno. Tom parece un hombre sin raíces, sin familia. Seguramente la tiene, de algún lado tuvo que salir, de un padre y una madre que le pusieron Tom, o quizás él mismo decidió ponerse ese nombre un día cualquiera. Confieso que sólo una vez busqué su nombre en Google, y me enteré de que había participado en la maratón de *trekking* de esta ciudad, que consiste en recorrer las siete colinas de Bodø. Es la única pista que me permite unirlo a la sociedad y hacerlo humano: el hecho de que tenga una afición o un compromiso con algo.

Siempre viste de negro. No sé si ese es su color favorito, no sé si alguna vez usó jeans o un traje típico noruego. No sé si debajo de ese traje negro tenga un cuerpo con pellejo, huesos y sangre, un cuerpo que escupa, duerma o coma.

Tom es un hijo, quizás un padre o un abuelo, es una persona como yo, una persona que escribe con pluma, colecciona objetos extraños y pinta cuadros.

Tom se sienta en una silla y yo en un diván. Uno al lado del otro. Yo nunca lo miro a los ojos. Evito el contacto de las manos al pagar la cuota de los cuarenta y cinco minutos de psicoanálisis. A veces llego con mucha rabia a su consulta y quiero hablar de mi rabia, pero él me pregunta o sólo dice cosas como "Tu gato es una pequeña máquina de matar", entonces yo le digo que es instinto, que mi gato es mi amigo, no mi hijo ni mi marido. No sé cómo hace, cómo lleva la conversación, y al final intento traducir al noruego algunos versos de los poemas de Eielson y luego terminamos hablando de la muerte.

D.

~~Dear~~ D.
I'm DONE with you.
And D is for:
   ~~Dear~~
~~Darling~~
Distress
Disguise
Discomfort
Deceive
Depression
Despair
Defensive
Dogmatic
Defeat
Disgrace
Dingy
Defection
Dominant
Dad

Drinking
Disgusting
Disaster
Departure
Drastic
Disagreement
Disenchantment
Dirty
Demanding
Discussion
Discreditable
Doubt
Disrespect
Denial
Desist
Disapprove
Distant
Divorce
Disappear
Discord
Disappointed
Detachment
Dull
Devil
Dog

Cambiaste mis horarios, pero no mis ideales; limpiaste mi cocina, pero manchaste mi firmeza de carácter.

Me embaucaste con tu acento, pero enriqueciste mi

vocabulario y hasta me devolviste una canción de Elvis que ya había olvidado.

~~Dear~~ D. Fue bonito mientras duró, pero qué bueno que no duró (tanto).

But I got wise, my ~~dear~~ D. My devil in disguise.

*

Así como las películas en DVD vienen con una opción para poder verlas mientras oímos los comentarios del director, así también sería bonito que los libros vinieran con una navajita y unos audífonos. Mientras uno hace tajos en cada palabra, escucharía al autor decir:

"En esta línea la palabra lienzo iba más allá del nombre del paño sobre el cual el protagonista pinta, la palabra *lienzo* para mí, en mi cabeza, dibuja un espacio inmenso y en blanco en el que todo puede pasar, por eso más adelante, en el capítulo XV, vemos cómo el lienzo se rompe y la propia historia ahoga a los protagonistas, que se quedan sin espacio, por eso mueren sin aire tras una agonía lenta…"

Y aquí el escritor se pone a llorar. Guardamos la navajita y nos quitamos el audífono.

Aunque también podría llevarnos a escuchar cómo el escritor se parte de la risa en nuestros oídos diciéndonos: "¡No llores, es todo mentira! Como los caleidoscopios

y los estereogramas, todo esto son sólo cositas super-
puestas..."
(mejor, ¿no?)

SANGRE Y AGUA

*

La depresión está ligada a un punto específico dentro del cerebro que se encuentra alrededor de la zona del aprendizaje. Para profundizar en este estudio, un grupo de científicos del Hospital General de Valencia observa el comportamiento de ratas en una piscina, en un experimento de nado forzado. Las ratas son arrojadas al agua por primera vez y normalmente nadan con mucha energía por cinco minutos, luego disminuyen la intensidad por otros cinco, para finalmente rendirse y sólo flotar hasta ser retiradas del agua. Cuando la prueba se repite, las ratas se rinden en nadar mucho más rápido, son más pasivas y sólo nadan agitadamente por dos minutos en lugar de cinco. Este cambio es un signo de depresión y desamparo aprendido.

PISCINA

A veces creo que la gente viene a las piscinas a dejar de existir. Suelo ir a nadar cuando estoy harta de todo, cuando me agobia hasta la gravedad de mi propio cuerpo dando pasos que se pegan a las aceras. Cuando voy a nadar, me deshago de esa gravedad. Hago el muerto y floto. Nada pesa.

Esa calma del agua siempre me ha dado una sensación de orden. La tensión superficial, las propiedades de esta según la temperatura, las moléculas: dos de hidrógeno, una de oxígeno, un triángulo, un balance. El agua para mí siempre es la claridad y la armonía en sus ciclos definidos, la calma unas veces y otras hasta la verdad a gritos, como en el agua de una tormenta.

El agua aleja todas mis tensiones. Al estar en la piscina me vuelvo parte del agua, como si me dejara la piel en el vestidor, como si los líquidos que fluyen dentro de mí se compactaran sin la necesidad de un cuerpo, mi cuerpo y su gravedad agobiante, como si me diluyera en un todo con el agua.

Mucha gente viene a nadar a esta piscina, pero algunos vienen sólo a flotar, a hacer el muerto; quizá por estar cansados de tanta vida allí afuera. Creo que todos venimos a buscar alguna respuesta dentro del agua, en el fondo de ella.

Hoy, desde la tribuna, veía a todos nadar en diferentes estilos, como preguntándose cosas distintas. Unos nadaban muy rápido, desesperados, como si en cada respiración agitada tragasen una palabra, parte de la respuesta que andaban buscando; mientras otros sólo se dejaban ir, yacían boca arriba, escuchando miles de palabras mojadas dentro de sus pensamientos, esperando que caigan por su propio peso y formen una frase en sus narices, mientras se dejaban llevar por las olas del resto de los nadadores.

Recuerdo todas las veces que me he arrojado con violencia al agua porque quería tocar fondo, llegar al fondo de mi tristeza. Retenía el aire y luchaba hasta tocar las baldosas del suelo de la piscina. Nadaba entre mis vacíos, no quería respirar y llegaba al fondo de todo, hasta que se me hinchaba el pecho y soltaba el aire de golpe; entonces todos mis pensamientos se volvían burbujas mientras me dejaba llevar como un cuerpo muerto hasta la superficie.

Creo que cualquier persona –por lo menos alguna vez en su vida– ha deseado dejar de existir, y creo también que todos, en algún determinado momento, hemos tenido la urgencia de responder a todas nuestras preguntas.

Por eso la piscina es un lugar popular.

Desde hace un año que vengo a esta piscina. Vine el

día que fue inaugurada, a buscar una respuesta en el cloro recién puesto y en el reflejo de las baldosas nuevas. Pero hoy sólo he venido a participar de un evento.

Por motivo de su aniversario se han dado una serie de actividades. Las chicas del turno de la mañana han hecho una coreografía de ballet acuático; un par de señoras ingeniosas, con corchos de botellas de vino y flecos de plástico, han hecho unas cadenetas muy vistosas para dividir los carriles; ha habido también algo de teatro, pues han representado un drama con un ahogado, y también un señor muy serio, con quien alguna vez he nadado, resulta que era químico y ha explicado cómo reciclar el agua de las piscinas y separar el cloro para reutilizarlo. Luego me ha tocado a mí presentar mi actividad.

Me tocó organizar un juego. He pensado en un juego en el que podamos participar todos y así conocernos un poco más, ya que nunca intercambiamos palabras, sólo respiraciones. Así entonces, los días pasados he tomado fotos en las duchas sin que ellos se den cuenta –las actividades debían ser sorpresa–, las he cortado en tres piezas para hacer el juego de coincidir cabeza, torso y piernas, como un puzle.

Me he presentado con mis fotografías gigantes, pero no me han dejado terminar de explicarles las reglas del juego y se han abalanzado a buscar los pedazos de su foto.

Tratando de explicarles las reglas casi a gritos, les he quitado las fotos y al parecer están muy molestos de que no los deje jugar.

–Deben completar el cuerpo de otra persona, no el suyo propio, si no el juego no tiene gracia.

Pero parece que no se quieren conocer, o quizá no nos conocemos lo suficiente para este juego.

Así que todos han cargado con los trozos de sus cuerpos. Pero el mío ha desaparecido. Sólo ha quedado la foto con mi cara y, dividido en dos partes, el cuerpo flácido y arrugado de esa señora que viene a la piscina a hacer terapia para los huesos.

–Bueno, ya que no quieren jugar, me gustaría que me devolvieran mi cuerpo –les digo.

Pero siguen indiferentes, hablando entre ellos como si yo no existiera.

Recojo la pieza de foto con mi cara y decido marcharme, cuando de pronto la señora de la terapia me detiene y grita:

–¡Gané!

Nos muestra a todos las partes de las fotos que coinciden perfectamente y forman el puzle de su cuerpo desnudo y arrugado. Si bien el juego se trataba de armar los cuerpos de otros, igual la abrazo y la declaro ganadora.

Le doy el premio, unas aletas, un *snorkel* y unos anteojos de piscina de color rojo.

Algunos aplauden.

*

Fuera del agua los peces no mueren por falta de oxígeno, ya que el aire contiene grandes cantidades, aun más que el agua; los peces mueren porque su sistema respiratorio se cierra: las agallas "se pegan" unas contra otras. El agua permite que el oxígeno fluya a través de ellas, pero el aire las cierra. Los peces mueren sofocados, atragantados de aire.

AHOGADO

Me gusta cómo suena la palabra *agua*. Siempre oí decir a mi madre que la primera palabra que pronuncié fue *agua;* seguramente ya desde entonces me gustaba.

Aquí, sobre la arena y con los ojos cerrados, siento cómo el mar se mueve en silencio. Aquí no hay brisa como allá; tampoco hay ese olor a mujer impregnando las playas de Lima. Todo el mundo sabe que Lima huele como el sexo de una mujer. Aquí la brisa sucede sólo a veces. La brisa es como la lluvia de Lima.

La lluvia de Lima es tímida. Algunos dicen que es hipócrita y yo más bien creo que es una lluvia joven, como las lágrimas de una adolescente caprichosa: una serie de gotas menuditas que fastidian y que no dicen nada. La lluvia de aquí en cambio es un lamento en voz grave.

Una vez se lo dije a mi doctor. "¿Sabe, doctor?, cuando llueve aquí oigo voces que me llaman, escucho mi nombre y ciertas palabras sueltas. Quizá si tomase nota de ellas podría descubrir un mensaje escondido. Cuando la lluvia golpea el tejado, siento una profunda angustia.

Percibo claramente que cada gota de lluvia es una sílaba pronunciada a gritos cuando se estrella contra los tejados o el pavimento. Es un llamado desgarrador. A veces he llegado a salir a la calle, a empaparme, a escuchar el mensaje de cerca porque escucho que la lluvia me habla y me quiere decir algo con desesperación."

El doctor abre los ojos y toma su bolígrafo de los extremos, con las dos manos, como si fuera un objeto pesado. Sosteniéndolo de esa manera me dice que esos son síntomas de esquizofrenia. Anota algo con su bolígrafo pesado y luego me receta unas pastillitas rosadas que debo tomar con mucha agua.

He tomado las pastillas y aún me siento miserable y deprimido; todo es una ironía.

Lo es, porque desde hace un par de semanas estoy trabajando en un laboratorio donde hacen experimentos con ratas para determinar los orígenes de la depresión. Meten ratas al agua y creo que esperan a ver si se ahogan o no. No sé bien. Supongo que si se ahogan es porque están deprimidas. Yo sólo limpio el laboratorio y las jaulas de los animales. A veces escucho las conversaciones de los investigadores, pero casi nunca las entiendo. Hoy tuve ganas de decirles que podrían experimentar conmigo en lugar de hacerlo con las ratas.

Pobres ratas. Las he visto nadar, agitando hasta el rabo para no morirse mientras son observadas. Una vez, cuando nadie me veía, les di queso. No sé si darles comida afectará los resultados de los experimentos, pero yo creo que las ratas se pusieron contentas. Todas mojadas las pobres, dejaron de tiritar mientras comían pedazos de gorgonzola.

En Lima, cuando era niño, mi abuela me hacía pasteles para llevar de lonchera cuando no tenía ganas de ir al colegio. Eso me alegraba como el gorgonzola a las ratas. En Lima también me deprimía y no podía dormir, allí no había lluvia a la que pudiera escuchar.

Pienso otra vez en el agua. Agua como la de esta mañana en mi vaso de vidrio junto al botiquín: agua turbia. Tenía ya varios días empozada y no sé por qué la sigo dejando ahí. Quizás espero alguna transformación, un cambio, que se ponga verde, que le salga un velo baboso sobre la superficie o que se evapore y desaparezca.

Mi piel se ha tostado demasiado y me arde. Vacío la botella de agua mineral sobre mi pecho y siento un escalofrío.

Recuerdo cuando mi madre me planchaba el uniforme gris y rociaba agua perfumada sobre la tela. El sonido de la plancha caliente consumiendo las gotas con olor a jazmín. Ese recuerdo de mi infancia me ha invadido de pronto.

La sangre, el semen, el sudor, la orina, la saliva, las lágrimas; todos contienen agua. Me imagino que los científicos con los que trabajo separan el agua de todos los líquidos vitales, y los guardan en un frasco como un elixir mágico. Se los beben para rejuvenecer, para hacerse fuertes o simplemente para olvidar lo que les pesa, para lavarse de una herida de costras negras.

Y en el anuncio de la compañía de agua potable ("El

agua es vida, no la desperdicies"); en las clases de ciencias naturales ("El agua toma la forma del recipiente que lo contiene"), y yo que estoy lleno de agua, y por eso será que me dejo dar forma por las mujeres de turno. Ellas son mi recipiente y yo soy un líquido vital muy vulnerable. La última mujer que quise: setenta por ciento de agua.

Varias cosas se me escurren por la mente: las ratas deprimidas nadando en el laboratorio y todas las ratas que nadan en un cardumen de peste por debajo de nuestros pies, las mujeres, los miedos como el moho de un queso, mi vaso de agua verde, las babas del agua estancada y yo nadando en ellas.

Abro los ojos y el sol está cayendo. Estoy solo en la playa. Tengo sed.

Me mojo los pies en la orilla y la sensación es tan agradable que me hace sonreír. Miro el horizonte anaranjado y suspiro. Oigo chapoteos como cuando tenía siete años y me sentaba al borde de la piscina y movía mis pies hasta que el agua los arrugase; o como cuando mi madre me bañaba en una tina de plástico amarilla y yo movía piernas y brazos golpeando el agua.

Soy un idiota. Soy un niño de veintiséis años; ridículo, semidesnudo y perdido.

Veo ahora que los chapoteos los hace un hombre que se está ahogando no muy lejos de donde yo estoy. Se atraganta con el agua como lo hacen los peces con el aire. Estoy seguro de que los peces sienten sed cuando se ahogan pero, ¿aquel hombre que se ahoga sentirá sed?

Me adentro un poco más en el mar, hasta que el agua me llega al pecho. Quiero ayudarlo, pero nunca aprendí a nadar, así que retrocedo y me desespero en la orilla. Pienso en el refrán "Nunca digas de esta agua no beberé". Miro a ambos lados de la playa y no veo a nadie. Sólo estamos yo y ese hombre que ahora mismo se está muriendo.

Me acuesto sobre la arena húmeda; la piel se me pone de gallina y no quiero pensar en el hombre que ya debe estar ahogado. Respiro como si fuese a morirme porque el aire no me es suficiente y todo es demasiado. Se me escapa una lágrima que me arde en la piel y se me mete en los oídos para ser parte de toda el agua que llevo dentro.

FALANGE

Una de las cosas que más me ha dolido en esta vida fue cuando me rompí una falange.

Fue hace poco, en casa. Me resbalé de la bañera y la falange fue lo que me salvó la vida. Caí sobre mi mano y así evité que la cabeza fuese un huevo estrellándose contra la porcelana.

Me vestí con una mano sin secarme, salí llorando a tomar un taxi, y el taxista entendió al ver mi mano y me llevó al hospital.

Ahí fue la primera vez que me sacaron una radiografía. El radiólogo salió del cuarto y me dejó sola con ese aparato que era tan feo y hacía tanto ruido; todo ese estado de incertidumbre y el hecho de que no sé soportar el dolor me causaron un desmayo.

Pensé que si el radiólogo se iba era porque algo malo iba a pasar. Qué tragedia. Por poco y no me rompo la frente, pues caí directo en la mesa de los rayos X en el momento en que estos se disparaban.

Entonces la radiografía de mi cráneo debió haber llegado a manos del doctor, que me dijo que todo estaba bien, que no necesitaba nada, salvo una venda en la cabeza.

Y yo seguía con el dedo roto y entonces el doctor me dijo:

—Ah, esa falange, cierto.

La tomó entre sus manos de la misma manera que hacen los veterinarios cuando toman las patas rotas de los pájaros y llamó a la enfermera, que trajo yeso.

El yeso no era otra cosa que una venda a la que le echaban agua, no sé si caliente, pero me quemaba la piel, y entonces se convertía en yeso. Yo que me imaginaba a los que ponían yeso casi como artistas escultores.

Me vendó la falange y luego siguió con mi brazo y yo dije:

—Es sólo la falange.

Y me dijo:

—Es para entablillarla.

Y al final el yeso no me cubrió el brazo entero, sólo la parte interna, lo demás fueron vendas.

El médico me dio unas pastillas Feldene, y cuando ya me iba me detuvo y me dijo:

—Falta la cabeza.

A mí la cabeza no me dolía. El golpe contra la mesa de los rayos X fue como esos que se da uno también contra una mesa cuando se acaban la fiesta y el trago al mismo tiempo. No era para tanto. Pero, ¿cómo le iba a decir al doctor que estaba bien de la cabeza si estoy yendo cada mes a terapia con el psiquiatra?

Así que me dejé poner la venda.

Volví a casa con el brazo enyesado, con la cabeza vendada.

—He tenido un accidente —dije, y no mentí.

Los días que siguieron, decidí llevar la venda en la cabeza porque me gustaba ver las expresiones de la gente al verme. A veces ponía los ojos en blanco y tartamudeaba, para que pareciera también un defecto interno del cerebro.

Así iba a todas partes.

Llegó el día de quitarme el yeso, así que decidí también que debería decirle al doctor que me quitara la venda de la cabeza.

Hizo lo primero, y cuando me quitó la venda me dijo:

—Yo sabía que no estabas mal de la cabeza, lo he confirmado al verte regresar con la venda puesta y limpia, que has lavado y te has puesto como si fuese una bandana.

—Mal del cráneo, no, pero he estado andando con la venda por puro gusto, ¿no cree que a lo mejor sí estoy un poco mal?

—No sé, pero el que sí está mal de la cabeza soy yo.

Entonces el doctor puso una cara que por un momento me asustó, la sonrisa de lado y los ojos brillantes y muy abiertos. Pensé que me iba a cortar con su escalpelo o inyectarme éter. Hasta que me dijo:

—¿Quieres que te enseñe el banco de sangre?

—Bueno.

Bajamos a un sótano que era como la bóveda de un

banco de verdad. Ahí había muchas bolsas con sangre, las toqué todas y era como sentir todas las células rojas ajenas y vivas en mi tacto.

El doctor me dijo que él sabía qué tipo de sangre era por el color y el sabor. Y le hice una prueba. Tomé vasitos de muestras y puse sangre de diferentes tipos. Él sólo probaba con la punta de la lengua, y yo pensé –y quise– que se la bebiera de un golpe.

Acertó en todas. La sangre O+ era la más dulce, como las positivas en general. Las otras tenían más sabor a hierro o a sal, según el grupo.

Cuando me fui, el doctor me regaló un poco de yeso, el que alguna vez usé para fingir una fractura en la mano y no escribir, o una en el pie y dejar de ir a sitios que no me entusiasmaban.

No le acepté la bolsa con sangre. Me pareció un exceso.

LA SANGRE LLAMA

Soy enfermero, no le tengo asco a casi nada y mucho menos a la sangre. Estoy acostumbrado a tratar con ella, y me es tan familiar como el aceite a los cocineros. Por eso, no me alarmé demasiado aquella mañana cuando desperté con una gran costra en el lado izquierdo de la cara. Frente al espejo, la fui arrancando poco a poco con las uñas. Era algo que me encantaba hacer y no me estaba permitido en el hospital.

Me lavé la cara con cuidado, ansioso de buscar alguna herida pequeña o algún corte que pudiera haberme hecho de manera inconsciente mientras dormía. Ya una vez, por dejar un bisturí sobre la mesa de noche, me corté el dedo cuando a tientas en la oscuridad buscaba el silencio para el despertador. Pero esta vez no encontré nada. Ninguna herida desde donde pudo haberse iniciado la sangre.

Pensé entonces que pudo haber sido alguna hemorragia nasal, esas que me ocurrían en momentos de tensión; como cuando di el examen para ser enfermero y empecé a sangrar sobre el papel con las preguntas. No me sentí avergonzado de entregarlo así, con manchas, y aun dejé intencionalmente que la sangre corriese un poco sobre mi pupitre para demostrar al jurado mi vocación por la enfermería.

Durante el desayuno seguí pensando en la costra. Metí los dedos en el vaso de jugo de naranja y lo esparcí por la cara; pero no sentí ningún escozor. Era definitivo que no había ninguna herida, así que concluí que había sangrado por la nariz mientras dormía, porque seguro soñaba nuevamente con los caballos de dos cabezas; ese sueño angustioso que tenía a veces, donde yo era el amo de la caballeriza y escapaba a galope de cazadores enmascarados, que intentaban matarnos a mí y a mis animales con un gas de color azul.

En el trabajo le comenté lo sucedido a Rosita; y no porque me haya preocupado lo de la sangre sino porque mis intenciones eran que me examinara, que me tocara con sus manos tan limpias, de dedos largos y uñas perfectas con manicura francesa. Era un poco tontita, pero muy buena persona: servicial, alegre, y además muy guapa. Su meta era ser doctora, pero la naturaleza no la dotó con el suficiente cerebro para aprobar siquiera los estudios generales de la facultad de medicina, así que se conformó con ser enfermera de laboratorio. A veces la paciencia se le agotaba cuando tenía que manipular ciertas muestras y, por eso, cada vez que alguien le comentaba alguna dolencia, no perdía la oportunidad de examinarlo y hasta se atrevía a recetarle medicamentos para compensar el sentimiento de frustración de no poder ser médica. Yo creo que estaba un poco obsesionada con ello, porque tenía un bloc con su nombre impreso en letras plateadas, donde escribía las recetas y algunas veces hasta dietas y *tips* de cocina; también lo usaba para dejar notitas de saludo o dar el número de su celular a algunos de los enfermeros.

Yo estaba enamorado de Rosita, y creo que –al menos– también le gustaba. Acerté en contarle lo de la costra porque de inmediato se ofreció a examinarme. Me tocó la cara con mucha suavidad; acercó lentamente la suya, afinando la vista y tratando de encontrar alguna herida.

Sentí el olor de su perfume como un golpe seco en todo mi cuerpo, empecé a sentir una gran excitación; y al tiempo que ella examinaba mis mejillas, su aliento de menta, caliente y delicioso, acariciaba mis orejas.

Entonces, ya muy acalorado y tenso, no pude contenerme. Empecé a sangrar por la nariz y a chorros. La primera reacción que tuvo ella fue poner sus dedos bajo mi nariz para bloquear el sangrado. Luego se dio cuenta de lo inútil que fue hacer eso, estando rodeada de gasas y algodones. Soltó una carcajada que la hizo verse aun más bonita y después esparció lentamente la sangre tibia que tenía en sus dedos por mis mejillas, lo cual me excitó mucho más e hizo que la hemorragia aumentara.

Preparó dos tarugos de gasa, que sirvieron de dique para la marea de sangre que había iniciado. Sacó de su cartera unas toallitas húmedas y me limpió la cara.

—Son para quitar el maquillaje, y además son humectantes, te van a venir bien porque tienes la piel un poco sequita.

Yo estaba encantado y mudo; sólo me salían sonrisas de la boca entreabierta, porque la gasa dentro de la nariz no me dejaba respirar bien. Rosita sacó su bloc de letras radiantes, tan bonito como ella y su nombre, y apuntó: "Vitamina K en cápsulas y alfalfa con perejil en el jugo de naranja de cada mañana".

Así terminé mi jornada: reventando de alegría con mis tarugos en la nariz, su caligrafía, el olor de su piel y las toallitas humectantes que me había regalado.

Camino a la farmacia, pensé que este acercamiento era el motivo para invitarla a salir. La farmacéutica me dio una sonrisa burlona al ver la página del bloc de Rosita. Eso me mortificó un poco, pero no le presté mucha atención. Sólo pensaba en complacerla a ella. Así, mañana le contaría durante el refrigerio que fui a la farmacia con su receta y que me vendieron las vitaminas, que las tomo y me siento mucho mejor. Después le diría: "Rosita, qué pena que no tuviste los medios económicos para estudiar medicina; qué buena doctora hubieras sido, porque tu receta me está haciendo tanto bien para este mal tan incómodo que padezco por años; además tus toallitas son tan buenas para mi piel…"

"Rosita, ¿qué te parece si salimos esta noche?"

Y Rosita aceptó. Salimos esa noche a bailar y a tomar algunas copas; finalmente, un poco borrachos, acabamos en su cama. Confesé que esa vez que había sangrado en el laboratorio era porque estaba muy excitado mientras me examinaba. Añadí halagos a su prescripción médica —recalcando lo "médica"— y que no sólo eran las vitaminas sino también la alfalfa, imposible de encontrar en el supermercado, y que la había conseguido a través de mi vecina que criaba conejos.

Luego de un momento de silencio me dijo con tono de fastidio:

—Si la hemorragia la tuviste por excitación... ¿por qué ahora no la has tenido? ¿No te gusto? Quiero verte sangrar.

—Rosita, tú me has curado definitivamente con tu receta. ¡La doctora que se están perdiendo todos los enfermos del mundo!

Me abrazó muy fuerte e hicimos el amor otra vez.

Los días han pasado, yo sigo tomando las vitaminas y la alfalfa, y mi relación con Rosita va cada vez mejor. Ayer justamente hablábamos sobre la costra y la hemorragia de aquella mañana, que fueron el principio de nuestro acercamiento.

Pero hoy amanecí nuevamente con una costra en la cara, después de haber tenido un sueño muy tranquilo, que ahora mismo recuerdo: Rosita y yo bailábamos vals en un salón inmenso, solos los dos. Si ella supiese que he vuelto a sangrar, seguramente se sentiría frustrada al saber que su receta no funciona. Aun así, me desangre cada día, mejor será que ella no se entere nunca.

Me quedé en la cama, disfrutando de despegar la costra con las uñas, pensando en Rosita y en el sueño que había tenido. De pronto, mi deleite fue interrumpido por unas gotas de sangre que me resbalaban por la frente. Levanté la mirada y finalmente descubrí que la sangre no era mía; brotaba desde el interior de uno de los libros de enfermería que descansaban en la repisa que estaba justo sobre la cabecera de mi cama. Quizás era el capítulo sobre infartos, párrafos con un corazón herido que sangraba. Abrí el libro y vi que el origen de la sangre era una foto de mi exnovia, la infiel y la más fea de todas, y con la que más tiempo estuve –aún sin entenderlo– hasta ahora.

La foto no paraba de sangrar. Tomé un frasquito de muestras y lo llené. Me acordé de que me había deshecho de todos los recuerdos de ella, pero algunas fotos se quedaron en una caja que abandoné en el garaje. Y ahí estaba la caja, llena de sangre fresca, algunos litros sin exagerar. Guardé en una botella un poco de esa sangre, miré cada foto y todas sangraban.

Le llevé el frasco a Rosita. Le dije que un amigo lo había encontrado en un *cooler* en la puerta de su casa, y quería analizarlo sólo por curiosidad. Ella, que creía en brujería y esas cosas, no quiso ni tocarlo y se lo dejó a un colega para que lo examinase. También insistió en tomar una muestra de mi sangre, en caso de que algún supuesto conjuro pudiese haber caído sobre mí.

–Esa sangre debe ser maldita, mezclada. Mi compañero dice que es sangre contaminada. Seguro que es algún daño para tu amigo. Tú, cariñito, felizmente, no tienes nada.

Ese mismo día decidí llamar a mi ex y averiguar si en

verdad lloraba sangre. Me contestó ella misma y cuando supo que era yo se puso a llorar.

—¿Estás llorando sangre? —le pregunté inmediatamente.

—¿Después de todo este tiempo llamas sólo para burlarte? —replicó entre sollozos.

Hablamos sólo un momento. Le emocionaba mucho oír mi voz, según ella. Lo peor de toda esa conversación fue cuando dijo que me necesitaba y que quería verme, rogándome para que nos encontrásemos.

La fui a ver esa misma tarde; pude ver en su semblante que estaba muy enferma y triste. Había perdido peso y tenía las ojeras muy marcadas. Su casa se veía desordenada y lúgubre; su padre había muerto y ahora se encontraba completamente sola. Me habló poco de su enfermedad porque los médicos aún no sabían bien qué era, pero al parecer hacía que sus órganos vitales se licuaran, se convirtieran en líquido, destruyéndose lentamente.

Me pidió que me quedara con ella, porque tenía la esperanza de que mejoraría si yo estaba a su lado, atendiéndola como enfermero que soy, como a una paciente necesitada de cuidado.

Cuando llegué a casa, sus fotos ya no sangraban. La llamé de inmediato; ahora su voz se notaba más animada. Le dije que había decidido mudarme con ella y cuidarla; que dejaría mi trabajo y que a lo mejor convendría buscar una casa más chica y nueva, en un pueblo tranquilo y alejado, con menos contaminación.

No sé bien por qué le dije todo esto, pero fui sincero.

Nunca le mencioné lo de las fotos. Me acordé de eso que dijo Rosita acerca de los hechizos, y pienso que puede que sea verdad que esté embrujado. Pero sé también que a veces en la vida hay cosas a las que uno está inevitablemente atado, no te impiden caminar pero te dificultan el camino, y por más que uno quiera librarse de ellas siguen ahí persiguiéndote. La cadena y el grillete, que decía mi padre cuando bebía, y mi madre cuando lavaba las alfombras manchadas de sus borracheras.

Le escribí una carta a Rosita sin darle demasiadas explicaciones de mi partida, y usando estas palabras: *Por motivos de fuerza mayor...* Me disculpé, le dije que siempre la querría y expresé todo el dolor que sentía al abandonarla. Le dejé, además, algunas fotos mías y otras donde salíamos juntos.

Sigo tomando la vitamina K y tengo un huerto donde cultivo alfalfa. Desde que ella también sigue la receta de Rosita ha mejorado visiblemente; tanto, que es posible que nuestro primer hijo nazca totalmente sano. Anoche me desperté agitado porque volví a soñar con los caballos de dos cabezas y Rosita, huyendo a galope conmigo, felices y sin rumbo. El tiempo ha pasado, pero aún tengo la esperanza de que quizás, en algún lugar, mis fotografías hayan empezado a sangrar.

Å HÅPE

*

En noruego existen tres verbos para esperar: *å vente, å forvente, å håpe.*

El primero se usa cuando uno espera un autobús; el segundo, cuando uno espera, por ejemplo, consideración de los demás, y el tercero cuando uno espera con esperanza.

En inglés, *to wait, to expect* y *to hope*.

En castellano, sólo nos queda esperar a solas, con un solo verbo que se nos confunde en el tiempo.

ESPERA

Aquella frase "La espera irrita a las personas" es muy cierta. Ahora estoy esperando que llegue enero porque diciembre me ha deshecho.

Me he dado cuenta de que siempre estoy a la espera de cosas.

Hace días esperé unos sellos.

Esperé un avión retrasado.

Esperé respuestas.

Esperé las horas en un bar y al sol en una plaza.

Me esperé a mí misma en la habitación de un hotel en Oslo.

Esperé el sueño.

Durante todo ese tiempo disfrazado de sala de espera, me encontraba siempre hecha una llaga: sensible, irritada, expuesta a que una pluma me rozara y me produjera un dolor terrible.

La espera te produce heridas de marasmo, como aquellas que se forman en los pacientes que yacen en coma esperando la conciencia.

Viaje

Hace unos días me metí a la panza de mi gato. No fue difícil. Primero tomé una ducha, larga, hasta que mi cuerpo absorbiese la mayor cantidad de agua posible. Una vez que el agua se rebalsaba a través de mis poros, sin secarme ni vestirme, me acosté en el jardín y me quedé varios días allí hasta secarme. Luego volví a casa y, ya seca, terminé el proceso al lado de la estufa, para absorber cualquier resto de agua que pudiera quedar dentro de mí, y también para sellar mis poros hasta convertirme en un pedazo de carne seca. Allí tendida tuve que esperar un par de días hasta que mi gato empezara a sentir hambre o deseos de jugar con un pedazo de carne y me empezara a tragar. Así fue. Después de algunos días, empezó a darme mordiscos. Empezó por los ojos, que después de las entrañas son la parte más difícil de secar completamente, sólo se logra que queden como un par de pasas, mientras el cuerpo sí se vuelve carne seca, como el bacalao o el charqui, como esas orejas de chancho que vendemos en la veterinaria para que mastiquen los perros. Así. Día tras día me fue tragando. Llegar a las entrañas, blandas y no del todo secas, fue un descanso para sus mandíbulas. Cuando me tragó entera, volví a ser una en su panza. Lo que más había eran pelos. Y cada día caían más y más pelos. Mi gato, como todos los gatos, se limpia el pelaje varias veces al día. Los pelos se me fueron pegando al cuerpo, y ya eran tantos que empecé a parecerme a un Chewbacca encerrado en un estómago de gato. Al fin, no me llegaban más que pelos día tras día, y empecé a preocuparme por la nutrición de mi gato. ¿Quién le serviría la comida? Ya era tiempo de salir. Empecé a trepar por su garganta y llegué exactamente al lugar donde nacen los ronroneos, en la tráquea, entre los pulmones y el corazón. Me estiré hasta tocar el extremo interno de su lengua de púas y así le provoqué arcadas. Me vomitó. Los pelos que tenía pegados al cuerpo me permitieron arrastrarme sin resbalar. A los pocos días fueron cayendo y llegué con dificultad al cuarto de baño. Abrir la llave de la ducha era casi imposible, todavía no había crecido demasiado, así que para humectarme y volver a mi tamaño normal me arrojé a la taza del váter y allí me quedé varios días, formándome nuevamente como en un vientre materno de loza blanca, con bacterias para reforzar mi sistema inmunológico y cavidades para estirarme. Cuando estaba lo suficientemente grande para no perderme por el desagüe, tiré de la cadena y todos los pelos cayeron y quedé desnuda. Por estos días sigo creciendo. Aún no voy a trabajar porque no tengo el tamaño adecuado, y además todavía me quedan unos días de vacaciones. Sí.

Me metí a la panza de mi gato para pasar las vacaciones. Es que últimamente los aeropuertos me dan miedo y de todos modos siempre es más barato y seguro vacacionar en el estómago de un conocido.

ÍNDICE

Claudia Ulloa Donoso (Lima, 1979) estudió turismo en Perú y la maestría en lengua española en la universidad de Tromsø. Ha sido seleccionada para formar parte de diversas antologías como *Nuevo Cuento Latinoamericano, Les bonnes nouvelles de l'Amérique latine. Anthologie de la nouvelle latino-américaine contemporaine,* entre otras. En 2009, la Feria del Libro de Guadalajara seleccionó a Claudia dentro de su Foro de Novísimos Narradores, y en 2010 formó parte de los escritores invitados al III Congreso de Nuevos Narradores Iberoamericanos, organizado en Madrid por Casa de América. Es autora de los libros de cuento *El pez que aprendió a caminar* y *Pajarito,* y del libro *Séptima Madrugada,* basado en el weblog del mismo nombre. En mayo de 2017 fue seleccionada para integrar la lista de escritores latinoamericanos de Bogotá 39.

PAJARITO

de Claudia Ulloa Donoso
se terminó de
imprimir
y encuadernar
en octubre de 2018,
en los talleres
de Litográfica Ingramex,
Centeno 162-1,
Colonia Granjas Esmeralda,
Delegación Iztapalapa,
Ciudad de México.

Para su composición tipográfica se emplearon las familias Bell Centennial y
Steelfish de 11:14, 37:37 y 30:30. El diseño es de Alejandro Magallanes.
El cuidado de la edición estuvo a cargo de Karina Simpson.
La impresión de los interiores se realizó sobre papel Cultural de 75 gramos.